http://www.bbulmedia.com

언령의
주인

BBULMEDIA FANTASY STORY

연령의 주인

3

목차

1. 눈부신 아름다움   007

2. 잊어버린 것   087

3. 마법의 기원   135

4. 누구신지   179

5. 이상증세   201

6. 습격   267

1.
눈부신 아름다움

주택가 근처, 아침의 버스 정류장.

"——♪"

그곳에 달린 스크린에선 며칠 전부터 선풍적 인기를 끌고 있는 음료의 무성 광고가 재생되고 있었고, 옆에 달린 스피커에선 가사 없는 CM송이 은은하게 울려 퍼지고 있었다.

옹기종기 모여 버스를 기다리는 사람들이 멜로디만 흐르는 잔잔한 음악을 들으며 각자의 아침을 준비하는 이 순간.

광고 속 해변을 달려가는 아름다운 여인의 모습에

서 시선을 떼지 못하는 한 남자가 있었으니…… 그 이름 '현우' 되시겠다.

"으… 으음……."

노출도 높은 비키니를 입고 해변을 달리는 여성의 모습에 침음성을 흘리는 현우를 보며, 같이 버스를 기다리던 몇몇 여학생들이 수군거렸다. 하지만 현우는 광고 속 여인에게 푹 빠진 듯 연신 침음성만을 흘릴 뿐, 그녀들의 시선이나 수군거림에 눈을 돌리지 않았다.

하지만 이내 현우가 기다리던 버스가 도착하자, 차마 버스의 도착마저 무시할 수 없던 현우는 아쉬운 듯한 눈길로 광고를 뒤로한 채 버스에 올라탔다.

그러곤…….

"으음……."

버스의 내부, 다양한 광고가 걸려있기 마련인 광고판 속에 조금 전 영상을 통해 봤던 비키니 여인이 이번엔 휴대폰을 들고 아름다운 미소를 짓고 있는 것을 발견한 현우는 다시 그 광고 속 여인에게 빠져들었다.

학생들은 등교를 하고, 직장인은 출근을 준비하는

여느 아침의 평범한 광경. 그러나 평소와 아주 조금 다른 아니, 어쩌면 그 사람에게 만큼은 굉장히 다른 아침이 시작되고 있었다.

*　　　*　　　*

버스는 현우의 이상행동과 달리 평소와 다를 바 없이 학교 앞에 정시 도착했다. 현우는 버스에서 내리며 예견된 피곤함에 속으로 한숨을 쉬었다.

어제 저녁, 7클래스의 마법사를 직접 대면하고 대화를 나눴던 것만 해도 현우로선 굉장히 피곤한 일일 뿐 아니라 머릿속이 복잡한 상태였다.

그런 와중에 오늘 아침 보게 된 광고 속 여인은 현우를 더욱 심란하게 하고 있었다.

이렇게 머릿속이 복잡한 상황인데, 여기에 학교 정문 근처에서 현우를 인터뷰하기 위해 진을 치고 있을 기자들을 떠올리면 벌써부터 피곤이 몰려왔다.

대체가 대한민국의 기자라는 자들의 끈질김은 왜 그리도 사람을 불편하게 하는 것인지, 현우로선 불만이 컸다. 그들 자신은 정의 구현을 위해, 혹은 국민의 알 권리를 위해서라고 말한다. 그리고 실제로도 세상의 많은 일들이 그들을 통해 밝혀지지만, 확실하게 인터뷰 거절의사를 밝혀왔던 취재 대상의 입장으로선 그들의 끈덕짐은 스토킹 이상의 의미를 갖지 않았다.

그나마 그들은 현우가 집 밖에 나오는 순간을 기다려 진을 치고 있거나 하진 않았지만, 그것도 현우가 워낙 외출을 잘 하지 않았고 외출한다 하더라도 쥐도 새도 모르게 나타났다 사라지곤 했기 때문에 그들이 포기한 것일 뿐이었다. 때문에 현우가 매번 고정적으로 등장하는 학교의 정문 앞은 매일 대여섯 명의 기자들이 찾아와 취재하기를 요청하곤 했었다.

그런데.

'오늘은… 유달리 많아 보이는데?'

평소의 몇 배는 돼 보이는 기자들이 학교의 정문 앞에 나와 있었다. 게다가 그들의 손에 들린 것도 평범한 사진 촬영용의 카메라가 아니라, 메이저 방송사의 로고가 달린 방송용 촬영 장비 등이었다.

거기에 다른 점은 더 있었다.

어째선지 모르겠지만 그들은 현우가 아직 등교 중에 있음에도 학교 안쪽으로 카메라의 앵글을 향한 상태였다. 평소와 같은 시간, 같은 장소를 걷고 있는 현우에겐 그들 중 누구도 관심을 가지려 하지 않았다.

아니, 정확히는 관심이 아예 없는 건 아닌 듯 현우를 알아본 몇몇 기자가 갈팡질팡 갈지자걸음을 걸었다. 하지만 이내 마음을 정했다는 듯, 정문 앞에 모인 기자들 무리에 몸을 비집고 들어갔다.

'오늘은 정말 모든 게 이상하군.'

그런 모습을 보던 현우는 평소와는 확연히 다른 행동을 보이는 그들의 모습에 고개를 갸웃거렸지만, 이내 더 관심이 가는 곳이 생겼다.

평소 현우가 등교하는 시간에는 정문 앞에 옹기종기 모인 기자들과 담소를 나누던 선생님들이, 오늘은 정문에서 필사적으로 기자들의 진입을 막고 있었기 때문이다.

거기에 정문에는 어제는 보지 못했던 경고판도 달려있었다. 여성을 향한 카메라에 사선으로 빨간 줄이 그어진 촬영금지 경고 표지판이었기에 더욱 관심이 갔다.

'이게 무슨 일이지?'

경고판의 모습을 보건대 학교에서 평범한 여성의

사진 촬영을 금지한다는 의미는 아닐 터, 아마도 여학생의 촬영을 금지한다는 의미로 추정되는 만큼 여러 가지 이유를 떠올리게 하고 있었다.

그리고 그중 가장 유력하게 머릿속으로 떠오르는 것은 누군가의 카메라가 학교의 여학생을 담음으로 인해 생긴 트러블에 관한 것이었다.

'하지만… 그런 얘기는 들어본 적이 없는데?'

만약 저렇게 기자들이 찾아들고, 학교 정문 앞에 경고 표지판이 생길 정도의 일이었다면 아무리 학교 소식에 무지한 현우라도 들어봤을 터였다.

거기에 최근에 현우의 근처에서 조잘거리는 것으로 쉬는 시간 대부분을 보내는 이성희가 있었으니, 그녀의 넓은 발과 쉴 새 없이 떠들어대는 입에 의해 알고 싶지 않아도 알게 됐을 가능성이 높았다.

그러나 현우는 그런 소식은커녕, 그런 낌새조차 느끼지 못했다.

누가 뭐래도 현우는 언령사. 그것도 수백 년의 세월을 살며 인간과 그들의 말에 대해 연구를 해온 대언령사였다.

그런 그의 눈치는 과연 보통이 아니다. 만약 이번

일이 선생님들 사이에서만 알려진, 학생들에게 철저히 감춰진 일의 결과였다면 며칠간 마주친 학교 선생님들의 모습이나 말투로부터 무언가 낌새를 알아차릴 수 있었을 것이다.

'혹시 서보람이 무언가 손을 쓴 건가?'

꽤나 가능성 있는 이야기였다.

그녀가 이 학교에 미치는 영향이 지대한 만큼, 그녀가 원했다면 학교 정문 앞에 저런 경고판을 붙이는 것부터 그간 현우의 일이라고 어영부영 정문을 지키는 둥 마는 둥 하던 선생님들을 저렇게 열정적으로 바꿔놓기에도 충분했다.

이유 또한 여러 가지 가능성이 존재했다.

그녀의 집안 내력을 정확히는 알 수 없지만, 대단히 뛰어난 명문가의 딸인 만큼 노출이 되는 것을 꺼렸을 것이다. 그 예로 얼마 전 체육대회의 일이 있었을 때, 그녀의 미모가 화두가 되어 인터넷을 달군 일이 있었다. 그런데 순식간에 인터넷 속에서 관련 정보며 이미지가 사라지는 기적과도 같은 광경과 네티즌들의 화살이 단숨에 현우에게 쏟아지게 되는 광경을 직접 목도하지 않았던가.

그런 그녀로선 매일 아침, 학교 정문 앞에 진을 치고 있는 기자들이 부담스러웠을지도 모른다. 아니 그녀가 부담스럽지 않다고 하더라도, 그녀와 관련된 인물들이 부담스러워했는지도 모른다.

거기에 이유는 이뿐만이 아니었다.

서보람이 자신에게 가지는 감정의 정체를 명확히 알지는 못했지만, 분명 이전에 치한 사건을 통해 그녀가 현우에게 호의를 갖고 있는 것 정도는 확실히 알고 있는 현우였다.

또한 체육대회 이후 데면데면하긴 했지만, 현우가 읽어낸 기색만으로도 분명 기자와 관련한 일이나 당시의 사건에 대해 그녀가 현우에게 미안해하고 있음을 알 수 있었다. 어제처럼 기자들이 집으로 찾아오는 사태는 서보람을 향하던 시선이 강제적으로 현우에게 가버린 탓이니 말이다.

그렇게 현우에게 미안함과 호의를 가진 그녀라면 기자들의 행동에 불편해하는 현우를 위해 기자들을 막아낼 간단한 조치 정도야 얼마든지 해줄 수 있을 것이다. 물론 대외적인 이유로는 앞에 달린 경고판이 그 이유일 테지만, 저것만으로도 기자들이 학교 근처에 오지 못하게 하는 데는 어려움이 없을 터였다.

뿐만 아니라 앞서 말한 그녀 자신에 대한 보호도 되니, 그녀로선 일석이조의 조치임이 분명했다.

하지만 그런 가정을 하더라도 큰 의문점이 남았다.

'그런데 학교에서 학생 보호를 위해 경고판을 걸어둔 게 그렇게 신기한 일일까? 메이저 신문사며 방송사가 총 출동할 만큼?'

최근 현우와 체육대회 당시의 시설 덕분에 덩달아 유명세를 얻은 현우네 학교였다. 하지만 이제 슬슬 잠잠해졌다고 생각했는데, 갑자기 메이저 언론사까지 몰려온 것이 현우로선 의문이었다.

물론 경고판의 구실거리가 되는 이야기에 기자들의 관심이 모였을지도 모르지만, 그게 저 많은 기자들을 끌어모을 만한 대단한 사건이었으리라곤 생각하기 힘들었다.

무엇보다 단 하루 만에 급조된 이야기 아니겠는가?

'취재 대상이 나도 아니고… 그렇다고 카메라 촬영이나 기자의 진입 금지가 문제가 되는 것도 아니라면… 대체 무슨 일인 거지?'

찜찜했다.

사실 생각해보면 학교에서 무슨 일이 있었든, 갑자기 무슨 조치가 취해졌든 현우로선 상관할 바가 아니었다.

　오히려 지금의 상황은 현우의 입장에서는 반길 만하다 할 수 있었다.

　그러나 현우가 생활하는 영역 내에서 벌어진 일을 현우가 모른다는 것은 못내 찝찝함이 남았다.

　'꽤나 궁금하긴 하지만…….'

　물어볼 수는 없었다.

　어쩌면 알고 싶지 않은 것일지도 몰랐다.

　당장 어제 저녁의 7클래스 마법사의 방문은 물론 높아진 유명세에 상응하는 대형 마법 준비까지 현우는 생각해야 할 일이 너무도 많았다.

　거기에 더불어 오늘 아침에는…….

　절레절레-.

　느린 걸음으로 정문을 향하며 무언가를 떠올리던 현우는 이내 고개를 저으며 생각했다.

　'아니, 그럴 리가 없겠지. 그저 내 착각일 게 분명해. 이 세상의 기술은 마법 이상의 힘을 가진 것들이 있으니까.'

오늘 아침에 본 것도 조금 현우를 혼란스럽게 했지만 그럴 리 없다는 쪽으로 많이 기울었다. 실제로도 그렇게 생각하기에 충분한 기술적 근거도 있었으니 말이다.

꺄르르륵!

왁자지껄.

그때 때마침 학교의 정문으로 여러 무리의 학생들이 다가가기 시작했다.

현우는 조용히 걸음을 옮겨 그들 사이로 몸을 숨겼다.

기자들의 기색을 보건대, 설령 현우를 발견하더라도 별다른 행동을 할 것 같진 않았다. 하지만 그렇다고 해도 만사 불여튼튼이라고 하니 이 정도 준비해서 나쁠 건 전혀 없었다.

스윽-.

무리의 끝에 달라붙으니, 가까이 있던 학생이 움찔거리며 약간 간격을 두는 게 느껴졌다. 하지만 멀리 달아나지 않은 것만으로도 충분했다.

그렇게 현우가 기자들의 시선을 피해 정문을 넘어가는 찰나, 현우는 미묘한 위화감을 느꼈다.

"음?"

움찔!

현우의 의문성에 곁에 가장 가까이 있던 학생 하나가 멀찍이 떨어졌지만, 이미 정문을 지나온 이상 그런 건 아무래도 좋았다.

그런 것보다도 관심이 가는 부분이 있었으니 말이다.

'스캔 마법의 수식이… 세련돼졌다?'

학교의 정문, 그곳은 마나 전동기로 움직이는 차량처럼 마나 스캔 마법이 걸려 있는 곳이었다.

대중화되지는 못했지만, 마법이란 게 세상에 존재하고 있는 만큼, 각종 테러나 범죄로부터 학생들을 보호하기 위한 최소한의 안전장치가 바로 정문의 마나 스캔 마법이었다.

물론 감지가 가능한 것은 2클래스 수준의 마법사이며, 그 이상부터는 마법사의 수준을 알아내는 게 아니라 대충 2클래스보다 높다는 정도로 분석을 하는 아주 조잡한 마법이었다.

하지만 그런 마법이 갑자기 세련되게 변해있었다.

정확히 말하면 수식의 효율과 마법의 효과가 높아

져 있었다.

그다지 대단하다고 할 수준은 아니지만, 이전의 마법에 비해서 마나가 소모되는 효율도 높고 적용된 마법 공식도 상대적으로 치밀하게 바뀌어 있었다.

마치, 이 마법을 설치한 사람의 수준 자체가 달라진 것처럼 완전히 바뀌어 있었다.

'공식의 뼈대가 같은 걸 보면 마법 개발자가 완전히 다른 사람은 아니야.'

적용된 실력은 압도적으로 차이가 있지만, 기초가 다르지 않음을 보면 다른 마법사가 만들어낸 것으론 보이지 않았다.

물론 정부에서 의무적으로 설치하게 하는 마법이니만큼 한 사람의 마법사가 만든 것은 아닐 테지만, 기초 뼈대가 같다는 말은 개발자들의 구성이 같다는 말이었다.

그런데 이렇게 갑자기 그들의 실력이 상승한다는 게 과연 가능한 일일까?

물론 현우의 경우를 보면 일신우일신이라는 말이 어울릴 만큼 언령에 있어 압도적인 자질로 마법을 습득해왔다. 하지만 기본적으로 마법의 클래스가 높은 것과 마법의 연구 및 창조능력은 완전히 별개의 것이었다.

짜여진 공식을 외우는 것과 별개로 이를 연구하여 새롭게 만드는 것은 현우 본인도 한참이나 나이를 먹고서야 원활히 할 수 있는 일이었다.

'물론 갑자기 깨달음을 얻었다든지 하는 경우도 있겠지만… 그게 이렇게 전격적으로 마법진에 적용될 만큼 차이가 난다는 것은 이해할 수 없군.'

마법사의 깨달음이란 기사들의 깨달음과는 차이가 있기에, 깨달음을 갖는다고 해서 바로 응용해 사용하는 것은 불가능에 가까운 일이었다.

칼을 휘두르는 새로운 방법은 싸우는 도중에도 시험해 볼 수 있는 것이지만, 섬세한 자연의 공식을 다루는 마법사가 자신의 깨달음을 곧장 마법화한다는 것은 그야말로 대마법사가 아니고서야 불가능했기 때문이다.

그렇기에 현우는 지금 이 마법 공식의 전격적인 변화를 이해할 수 없는 것이었다.

하지만 사실 현우가 위화감을 느낀 게 지금이 처음은 아니었다.

오늘 아침 버스를 탈 때도 버스에 달린 마나 발전 장치 속 마법 회로가 개량되어 있었음을 느꼈다.

다만 그때는 현우의 시선을 잡아끈 다른 것이 있었던 데다가, 애당초 발전 장치는 발전 효율이 높아진 것 외엔 이렇다 할 큰 변화가 없었기 때문에 큰 관심의 대상이 되지 못했던 것이었다.

물론 버스 운전사의 마나 보유량이 꽤 많이 높아진 것엔 조금 의아하긴 했지만…….

퍼뜩-.

그때 현우의 머릿속에 무언가 스쳐 지나갔다…

'이건… 설마 이 세계의 전체적인 마법 수준이 올라갔다는 건가?'

순간 심각한 표정이 된 현우였지만 이내 스스로도 말이 안 된다고 생각했는지 너털웃음을 지으며 고개를 저었다.

세상에 어떻게 하룻밤 사이에 그런 게 가능하겠는가.

저쪽 세상에서처럼 주신이니 마신이니 하는 존재들이 자신 휘하의 사람들에게 힘을 나눠 주는 게 아닌 다음에야 그런 일은 절대 불가능할 게 뻔했다.

결국 현우는 지금껏 머릿속에 떠오른 생각을 우연으로 치부하기로 했다.

사실 지금껏 고민한 내용들은 모두 관련한 정보가 없는 현우에겐 답이 없는 것들이긴 했다. 그저 어느 정도 유추나 해낼 수 있을 뿐.

현우는 정문에 적용된 마법이 점진적으로 업그레이드 된 게 아니라 단번에 바뀌었다는 것에 대해서는 여전히 의문이 차올랐지만, 그런 생각을 최대한 밀어내기로 했다.

언제나 버릇처럼 의문점이 생긴 것에 대해 고민을 하곤 있었지만 최소한 현우가 오늘 고민해야 하는 것은 정문의 2클래스 수준의 마법 공식이 어떻게 단숨에 3클래스를 넘어서는 마법 공식으로 변화했나에 대한 게 아니었으니 말이다.

현우에겐 당장에 닥친 위험이 있지 않았던가!

어제 저녁 대언령사 칼롯 코즈너의 자존심을 무참히 뭉개버린 상대가 있지 않았던가.

그 상대가 스스로의 입으로 다시 찾아오겠다고 하지 않았던가.

그렇다면 준비해야만 했다.

어제야 어떻게든 설득해 돌려보냈다곤 하지만 다음에 그가 찾아왔을 때도 그러리란 보장이 없었다. 무엇보다……

'분위기에 휩쓸려 들은 것이지만… 그가 속한 마탑의 존재를 알게 되었으니… 내가 계속 버틴다면 언젠가 나를 제거하려 들지도 모르는 일. 그 전까지 최대한 힘을 키워놔야만 한다.'

물론 일신의 안위를 보장받는 가장 간단한 방법으로 그가 속한 마탑으로 들어가 그의 앞에 고개를 숙이는 방법이 있었지만… 그건 칼롯 코즈너의 자존심도, 그리고 지금 김현우의 자존심도 허락하지 않는 부분이었다.

'일단 차원이동 관련 추가 마법 개량에 관해서는 제쳐두고 당장 급한 클래스 문제부터……'

그렇게 당장 해야만 하는 일을 머릿속으로 정리하며 교실에 도착한 현우는, 오늘따라 유달리 웅성거리는 소리에 숙이고 걷던 고개를 들었다.

"……?"

사람이 너무 많아서 과연 비집고 들어갈 틈이 있을까 싶을 정도였지만, 신비롭게도 현우가 문에 다가가

자 마치 모세의 기적처럼 그 많던 학생들이 좌우로 갈라서며 현우의 갈 길을 만들어냈다.

여태껏 현우는 자신의 마법과 관련하여 그 어떠한 말도 한 적이 없었다. 하지만 일이 커지는 것을 부담스러워한 건지, 서보람 측에선 현우의 그런 조용한 반응을 이용해 언론 등에 위기 상황에서 의식 마법을 발동한 마법적 재능이 뛰어난 학생으로 간단히 소개했다.

의식 마법이란 게 아주 특별한 것이긴 하나, 전 세계적으로 아예 없는 경우도 아니고 몇 년에 한 번꼴로 해외토픽에 소개될 정도의 일이었기에 평범한 사람들은 이런 설명에 수긍하는 눈치였다.

하지만 그런 거야 어쨌든 민간인들에게 있어서 의식 마법이든 그냥 마법이든 마법은 마법이었다. 그들의 상식으로는 이해할 수 없는 미지의 힘을 사용하는 마법사란 존재는 그들로선 경계의 대상이었다.

의도치 않게 교실까지 시원하게 뚫린 길을 걷게 된 현우는 그 길을 따라 교실에 들어갔다. 그러면서 이들을 교실 앞에 모이게 한 이유를 찾아 시선을 옮겼다.

"……응?"

교실의 한가운데, 누가 봐도 이 상황의 원인으로 보이는 학생 무리를 발견한 현우의 눈이 크게 떠졌다.

그곳에는 오늘 아침, 현우의 시선을 한 몸에 받은 사람이 웃으며 서있었다.

환한 아침임에도 한밤의 파랑이 떠오를 만큼 은근한 청색 빛을 띠는 검은 머리카락이 잘게 물결치고 있었다.

그 아래로 자리 잡은 얼굴은 검은 머리카락과 확연히 대비될 만큼 새하얀 빛깔이었으며, 그 얼굴에는 그린 듯 가지런히 자라난 눈썹과 그 아래론 신비로운 빛을 내뿜는 깊은 두 눈이 자리해 있었다.

그런 그녀의 코가 얼굴 정중앙, 가장 완벽한 비율을 갖고 위치한 것은 당연지사.

길게 미소 짓는 입술은 얇고도 길게 뻗어, 보는 사람을 애태우는 옅은 붉은빛을 띠고 있었다.

교실 창문으로 들어온 아침 햇살을 후광처럼 받고 있는 그녀의 모습은 여신을 떠올리게 하는, 그야말로 눈부신 미모가 무엇인지 알게 하는 모습이었다.

은은하게 웃음 지으며 자신을 둘러싼 학생들과 대화를 나누던 그녀가 현우의 시선을 느낀 듯 고개를 돌렸다.

경악 어린 현우의 눈과 마주한 그녀의 얼굴에 환한 미소가 자리 잡았다.

*　　　*　　　*

엘프(Elf).

흔히 게임과 판타지 소설 등, 판타지 요소가 포함된 많은 곳에 단골로 등장하는 유사인종.

우월하다 표현되는 미모와 뛰어난 지성, 남다른 신체능력과 미모만큼이나 아름다운 심성으로 현명함과 순수를 대표하는 신의 사랑을 받는 존재.

물론 엘프라는 존재를 직접 오랜 시간 관찰해온 현우는 이런 설명에 대해 할 말이 꽤 많았지만, 어쨌거나 평범한 사람들에게 알려진 엘프란 그런 존재들이었다.

그리고 지금.

현우는 대한민국 고등학교의 평범한 교실에서 엘프를 마주하고 있었다.

화—알짝!

"반가워요!"

아마도 한국말이 익숙하지 않은 듯, 발음이 완벽한 것에 비해 어조가 기계음처럼 딱딱했다. 하지만 그런 단점을 상쇄하는 아름다운 목소리와 진정 반가움이 묻어나는 표정은 그녀가 진정으로 현우의 등장을 반기고 있음을 확실히 알 수 있었다.

그렇게 인사를 하며 현우에게 성큼성큼 다가온 미모의 여자 엘프는 현우와 키가 비등할 만큼 훌쩍 큰 키로, 최소한 학교 내에서만큼은 같은 높이를 보기 힘든 현우의 시선과 마주하고 있었다.

그리고 반짝이는 눈길로 현우의 곳곳을 살피기 시작했다.

현우는 그런 시선에 무방비하게 노출된 채, 여전히 경악스럽다는 표정으로 이리저리 현우를 둘러보며 고개를 흔드는 엘프 여자의 뾰족하게 솟아오른 귀를 쳐다보고 있었다.

그만큼이나 이곳에 엘프가 있다는 것을 믿기 힘든 탓이었다.

"지… 진짠가?"

7클래스 마법사가 나타났을 때도 긴장하고 놀라워

했을지언정 경악이란 것을 해본 적 없던 현우였다. 그런데 현우는 자신도 모르게 앞에선 엘프의 귀로 손을 뻗었다.

덥석!

흠칫!

손에 귀 특유의 연골 감촉이 느껴졌고 여자 엘프가 흠칫, 놀라는 것도 느껴졌다.

거기에 더불어 현우의 등 뒤, 엘프녀의 뒤편으로 학생들이 웅성거리는 것도 느껴졌다.

이미 앞서 그녀가 이 교실에 등장했을 때, 한 학생이 호기심을 이기지 못하고 그녀의 귀에 손을 댔다가 그녀로부터 심하게 질책을 당했기 때문이었다.

엘프녀의 손이 현우의 손에 잡힌 자신의 귀로 향했고 이를 지켜보는 모든 학생들이 긴장감에 숨을 죽였다.

이제 곧 엘프녀의 경멸 어린 시선을 받게 될 현우를 그들로선 거의 처음으로 불쌍하게 쳐다봤다.

이내 그녀의 손이 자신의 귀를 만져보는 현우의 손을 붙잡았다.

덥석! 슥슥.

이번엔 학생들이 경악할 차례였다.

정말 놀랍게도 엘프녀는 자신의 귀를 만지는 현우의 손을 뿌리치지 않았다.

오히려 현우의 손을 꼭 잡고는 그의 손을 펴서 자신의 귀에 비비며 보다 확실히 자신 귀의 감촉을 느껴볼 수 있도록 도와주었다.

슥슥슥슥—.

거기에 한술 더 떠서는 마치 확실히 느껴보고 자신이 엘프임을 알라는 듯 귀에서 머리로 머리에서 얼굴로 얼굴에서 턱으로, 손을 옮겨가며 현우가 자신의 얼굴 구석구석을 만져보게 하였다.

그런 특혜(?)를 아는지 모르는지, 현우는 여전히 크게 뜬 두 눈으로 그녀를 바라보며 중얼거렸다.

"어… 어떻게 엘프가 여기에…….”

배시시—.

현우의 말에서 그가 자신이 엘프임을 확신했음을 깨달은 그녀가 파괴력 넘치는 웃음을 지어 보였다.

그녀의 표정이 보이는 앞쪽, 현우에겐 등 뒤쪽의 학생들로부터 남녀를 불문한 자지러지는 비명소리가 들려왔다.

"찾아왔는걸요."

여전히 기계음과 같은 딱딱한 어조였으나 의미를 전달하는 데는 문제가 없었다.

그리고 현우는 그녀의 이런 어조가 단순히 한국말이 어설퍼서 그런 게 아님을 알 수 있었다.

"통역 마법……?"

현우의 눈빛에서 경악이 차차 수그러들었다. 이내 평소의 날카로운 눈빛으로 돌아온 현우가 그녀의 귀에 걸린 새끼손가락만 한 고풍스러운 귀걸이에서 마법이 실행되고 있음을 발견했다.

그리고 이런 현우의 시선이 자신의 귀걸이로 향하며 정확히 자신이 사용하고 있는 마법을 포착해낸 것을 확인한 그녀의 얼굴 위로 다시 한 번 기다란 호선이 그려졌다.

"대단해요!"

현우가 단숨에 마법을 알아본 것을 칭찬하는 그녀의 말에 현우는 그제야 아차 싶은 표정으로 인상을 썼다.

대외적으로 현우는 자신의 마법과 관련한 그 어떠한 코멘트도 하지 않고 있었다.

그랬기에 지금처럼 학교며 외부에 아직 마법을 전혀 공부하지 않은 마법적 재능이 뛰어난 아이 정도로만 소개될 수 있었던 것이다.

물론 이런 소개를 믿지 않는 반골기질 다분한, 그리고 어찌 보면 감이 좋다고 할 수 있는 기자들이 며칠간 집 주변이나 학교 주변을 맴돌기는 했다. 하지만 그건 진짜 마법사임이 밝혀졌을 경우보단 훨씬 나았다.

인터넷 등에서 현우의 유명세는 여전했지만, 사실 초기와 같은 엄청난 반응은 상대적으로 잠잠해진 편이었다.

뭐, 그런 이야기야 어쨌든 현우는 여태껏 그렇게 철저히 자신이 마법에 문외한인 듯한 행동을 해왔고, 앞으로도 그럴 생각이었다.

밝히는 것과 밝히지 않는 것에 대해 여러 경우의 수를 떠올려 봤지만 몇 번을 계산해봐도 밝혔을 경우 이득이 될 만한 일이 없었으니 말이다.

그런데 지금 너무 놀란 나머지 평소의 현우라면 절대하지 않았을 어처구니없는 실수를 저지른 것이었다.

"앗! 제가 무언가 실수를 했나요? 죄송해요!"

현우의 굳어버린 표정을 보며 당황스러운 표정을 지은 엘프녀가 현우에게 사과를 했다.

획획!

여전히 굳은 얼굴이긴 했지만 연신 사과를 하는 엘프녀가 부담스러웠던 현우가 괜찮으니 그만하란 제스처를 취했다.

말로 한다면야 좋겠지만, 정말 솔직한 심정을 말하면 방금 자신의 말을 들은 사람이 현우가 감추고자 했던 진실을 유추해 내는 것 정도는 너무도 쉬운 일이었기 때문이다. 그건 전혀 괜찮지가 않았다. 탓에 언령사인 현우는 차마 거짓말을 할 수 없어 간단한 행동으로 대신한 것이었다.

그렇게 엘프녀를 진정시킨 현우가 이리저리 눈치를 살펴 학생들의 반응을 봤다. 하지만 꽤 한참을 살펴봤음에도 아무도 현우의 말을 듣지 못한 듯, 엘프녀의 사과하는 모습에 웅성거릴 뿐 별다른 말이나 행동을 하는 사람은 전혀 보이지 않았다.

아니, 애당초 현우가 말하는 내용 같은 건 아예 관심이 없었는지, 그들 모두의 시선이 걱정스러운 표정으로 현우를 바라보는 엘프녀에게만 향해있었다.

'학생 중엔 들은 사람이 없는 것 같으니… 다행인 건가?'

주변의 동태를 파악한 현우의 시선이 다시 학생들에게서 엘프녀에게로 향했다.

현우가 괜찮다는 제스처로 제지를 한 탓인지 사과는 멈췄지만 여전히 불안한 얼굴로 발을 동동 구르는 그녀가 보였다.

'이 대화에 관해서는 이 엘프의 입만 막으면 된다는 거지?'

조그만 실수에 대한 해결책을 떠올린 현우의 눈매가 조금은 풀어지며 얼굴 위로 썩은 미소를 띠었다. 그리고 여전히 발 구르기를 멈추지 않는 엘프에게 괜찮다는 수신호를 보냈다.

그러나 몇 번의 제지에도 불구하고 그녀의 미안한 표정과 불안해하는 행동은 바뀌지 않았다.

동동동동.

'이 엘프는 왜 이래?'

빨리 그녀를 진정시키고 이 일에 대해 함구하도록 대화를 이끌어가려던 현우는 그런 그녀의 행동에 조금 짜증이 일었다.

빠직!

이내 그 짜증이 표정으로 표출되려는 찰나, 현우의 머릿속으로 퍼뜩 떠오르는 게 있었다.

'그래, 그렇군……!'

이내 엘프녀의 어깨를 잡아 강제로 동동거림을 멈추게 한 현우가 엘프녀에게만 들릴 정도의 목소리로 속사포처럼 말했다.

"'이젠' 정말 괜찮다. 솔직히 조금 전 너 때문에 꽤 당황해 실수까지 한 데다 말도 안 듣는 '너 때문에' 짜증이 좀 나긴 했지만, 충분히 견딜 만했어."

그렇게 그야말로 본심 그대로를 털어놓은 현우의 말은 보통 사람과 대화였다면 시비를 거는 수준이었지만, 자신 때문에 짜증이 났었다는 현우의 말을 들은 엘프녀의 행동은 평범한 사람과는 사뭇 달랐다.

오히려 안심한 표정으로 활짝 웃어 보였으니 말이다.

'역시 그렇군.'

흔히 엘프는 진실의 종족이라고 불리곤 했다.

실제로 그들은 누군가의 말의 참 거짓을 구분할 수 있었으며 대화 상대의 기분 같은 것도 쉽게 읽어내는 종족이었다.

물론 이런 능력도 엘프마다 개개인의 차이가 있고, 어디까지나 말과 행동에서 감각적으로 참과 거짓을 유추할 뿐이기에 정확하지는 않았다.

특히나 현우와 같이 고도의 수련을 쌓은 이들의 기분이나 말의 진위를 가리는 것은 보통의 엘프들보다 뛰어난 능력을 가진 수장족(首長族) 하이엘프들도 불가능한 일이었다.

물론 마법사 중에서도 대언령사인 칼롯 코즈너의 경우 말하는 것에는 거짓이 없긴 하지만 말이다.

어쨌거나 그런 현우의 기분을 읽어낸 눈앞의 엘프는 최소 하이엘프급의 엘프라는 의미였다.

뭐, 현우의 생각과는 달리 그녀가 현우의 기분을 파악한 게 단순히 엘프 특유의 감각 때문은 아니긴 했지만… 그녀가 하이엘프라는 말은 맞는 말이었다.

실제로 그녀는 십수 년 만에 인간들 앞에 등장한 새로운 **'교류 엘프'**로 한국에 나타난 최초의 엘프였으며, 수백 년간 인간의 나라에 하나씩 나타나서 인간의 문명을 배우고 폐쇄적인 엘프들과 교류를 돕는 엘프였다.

그런 교류 엘프들은 여러모로 해야 할 일이 많은 만큼, 당연히 엘프들 중 가장 뛰어난 능력을 지닌 하이엘프가 인간세상으로 나오기 마련이었다.

그렇기에 지금 현우 앞에선 엘프녀가 하이엘프인 것은 분명했다.

그리고… 이런 엘프에 관한 여러 정보를 현우는 서서히 '알아가는 중'이었다.

'그래, 엘프들은 이렇게 간간이 나타나곤 **했. 었. 지.**'

언제 읽어봤는지는 **'모르겠지만'** 현우가 읽어봤던 이쪽 세상의 책에서도 그러한 정보를 읽어본 게 떠올랐다.

"어……?"

'방금… 내가 떠올린 게 뭐였지?'

조금 전 스스로 생각했음에도, 순식간에 스쳐 지나간 몇 가지 생각들이 어쩐지 안 맞는 옷을 입은 것처럼 불편했고 무언가 찝찝한 위화감을 남겼다.

하지만 어째선지 현우는 방금 자신이 무슨 생각을 했는지도 정확히 떠오르지가 않았다.

현우는 순간 이상함을 느끼고 눈을 크게 떴다.

그 순간.

덥석!

큰 키와 달리 꽤나 평범한 크기의 가느다란 두 손이 현우의 머리를 덥석 잡았다.

그리고 당황해하는 현우의 이마로 엘프녀의 이마가 다가왔다.

툭!

"어? 어어……?"

웅성웅성-.

현우와 엘프녀의 이마가 맞닿는 순간… 아니, 정확히는 그녀의 손이 현우의 머리에 닿는 순간부터 주변이 순식간에 수군거림으로 가득 찼다.

이마가 맞닿은 현우가 당황해하는 사이 엘프녀의 목소리가 들려왔다.

"화가 풀리셨다면 저희 화해해요."

엘프의 이런 행동은 마법사만큼이나 마나에 사랑받고 마나에 민감한 엘프란 종족 특유의 사과 방식이다. 평범한 생명체가 가장 많은 마나를 활용하고 가지게 되는 부위인 머리와 심장 중 머리를 맞대어 서로의 마나를 교류하는 것으로, 마나의 잔잔한 흐름 속에서 분노를 가라앉히자는 의미의 행동이었다.

그리고 이런 엘프의 행동 양식에 대해 현우는 이미 **'칼롯 코즈너 시절'** 다른 세상에서 겪어보아 알고 있었다.

'응…? 그러고 보니 엘프는 세상과 관계없이 같은 행동양식을 갖는 건가?'

문득 의문이 떠올랐지만 깊게 생각하지는 않았다.

원래 생명체의 행동 방식은 자신들의 모습에 따라 정해지기 마련이었다.

세상의 반대편에 있는 사람들도 예의를 차려 인사를 할 때, 고개를 숙이든 몸을 숙이든 자신의 몸을 숙이는 것은 마찬가지였다.

간단한 인사를 할 때 손으로 특별한 제스처를 하거나 손을 흔들거나, 손을 보이는 것도 그랬다.

소소한 부분에 있어서는 조금씩 다른 모습을 보이지만, 큰 줄기는 대부분의 인간이 비슷하거나 같은 행동 양식을 가지기 마련이었다.

이에 대해 현우는 칼롯 코즈너 쪽 세상의 인간을 보며 확신할 수 있었다.

현우가 있던 본래의 세상과 발전한 방향이 전혀 다

른 문명을 지니고 있음에도 그들 역시 몸과 고개를 숙여 인사를 했고, 복종의 의미로 절을 했으며, 사랑을 나눔에 있어 입맞춤을 했다.

그렇다면 이쪽의 엘프들이 같은 사과 방식을 가지는 것 역시 이해 못할 것은 아니리라.

현우는 그렇게 생각했다.

"……."

'그래 사과하겠다는 데야, 뭐…….'

어쨌거나 그녀의 사과를 받아들여야겠다는 생각을 하며 별생각 없이 마나를 움직여가던 현우는 다시 한번 아차 하고야 말았다.

아까는 말로 마법을 아는 척하더니 이번엔 직접 마나를 움직여서 보여주고야 말았으니 말이다.

순간 엘프의 마나와 얽혀가던 현우의 마나가 재빨리 그녀로부터 멀어졌다.

그때 얼굴을 맞대고 눈을 감고 있던 그녀의 눈이 반짝 떠지며 얼핏 실망의 기운이 스쳐 지나갔다.

아마도 현우가 자신의 사과를 거절했다고 생각한 듯싶었다.

처음부터 눈을 뜨고 있던 현우는 실망한 표정을 짓

는 엘프녀를 보며 반사적으로 그게 아니라고 설명하고 싶었지만, 차마 뭐라고 변명을 해야 할지 떠오르는 게 없었다.

그때, 현우의 머릿속으로 기가 막힌 생각이 스쳐 지나갔다.

"사과를 받는 대신 조건이 있다."

반짝!

"말씀하세요."

예의 표정과는 다른 목소리로 대답한 그녀의 눈이 희망으로 반짝였다.

그때 현우의 입은 가만히 있는 상태로, 그녀의 머릿속에 의미가 담긴 마나 파장이 쏘아져 들어왔다.

ㅡ내가 스스로 밝히거나 허락하기 전까지 다른 그 누구에게도 내가 마법사인 것을 밝혀서는 안 된다. 내가 마법사인 걸 너와 나의 비밀로 할 수 있다면… 사과를 받아주마.

"……?"

현우의 메시지를 들은 그녀의 눈이 이해를 할 수 없다는 듯 동그랗게 변했다. 하지만 이내 콧김이 닿을 거리를 두고 배시시, 파괴력 있는 웃음을 지으며 현우에게만 들리는 목소리로 말했다.

"저 에리나반 델로니어스 아나피는 마나에 걸고 친우와의 비밀을 평생 지킬 것임을 약속합니다."

"……!"

설마하니 마나의 맹세를 할 줄은 몰랐던 현우는 놀람에 눈을 크게 치떴다.

그리고 세상을 유지하는 마나가 그녀의 심장에 스며들어 마치 그물을 연상케 하는 맹약의 증거를 새겼다. 그렇게 맹세를 하는 동안 눈을 감고 있던 그녀가 눈을 살포시 떠 눈앞에 현우와 눈을 맞췄다.

그러곤.

배시시-.

예의 특유의 미소를 지어 보였다.

현우는 그런 그녀의 표정을 보며 놀람을 뒤로하고 지금 다룰 수 있는 모든 마나를 움직여 단숨에 그녀의 온몸을 휘감아버렸다.

이는 엘프들의 의미로 치면 '너의 사과를 격하게 환영한다' 정도의 의미로, 사과를 받는 입장에서 해줄 수 있는 최대한의 예의였다.

그런 현우의 행동에 이번엔 엘프인 그녀가 놀랐다.

그녀야말로 현우의 행동의 의미를 가장 잘 알고 있을 뿐 아니라, 처음부터 심상치 않다고는 생각했지만 설마하니 이토록 어린 인간이 이렇게나 거대한 마나를 자유자재로 움직일 수 있다는 것에 놀라고야 말았다.

처음에는 현우의 비밀을 이해하지 못했지만 현우의 마나를 온몸으로 받아들인 그녀는 어렴풋이 그 이유를 알 것 같았다.

인간은 변화무쌍하고 시시각각 즐거움을 추구하는 탓에 세상에 존재하는 모든 것 중 가장 재미있는 존재이다. 하지만 좋은 것을 많이 가진 만큼 시기와 질투역시 많이 가진 이중적인 종족임을 선대의 교류 엘프들과 옛 문헌들로부터 몇 번이고 들어온 그녀였다.

그런 종족에서 이토록 뛰어난 어린 마법사가 탄생했다면 인간 종족 특유의 관심과 즐거움이 그를 향할 테지만, 그만큼이나 많은 시기와 질투 역시 그를 향할게 뻔했다.

그렇게 생각을 마친 그녀는 내심 마나의 맹세를 하길 잘했다고 생각하며 속으로 흐뭇하게 고개를 끄덕였다.

그다지 어려운 부탁이 아니었음에도 확실한 약속을 한 덕분에, 하이엘프인 그녀로서도 보기 드문 거대하고도 격한 환영을 받아볼 수 있었으니 말이다.

'그런데······.'

슬쩍─.

현우는 아까와 달리 본인도 눈을 감고 엘프녀에게 마나를 보내다 문득 깨달은 게 있어 슬그머니 실눈을 떴다.

"흐응~."

"······."

현우의 흐릿한 시야 사이로 여전히 미소 짓고 있는 엘프녀, 에리나반 델로니어스 아나피가 현우가 아낌없이 퍼주는 마나의 감촉을 음미하며 즐거운 듯 콧노래까지 흥얼거리고 있었다. 현우는 그런 엘프의 모습을 보며 이제 이 상황을 타개할 방법에 대해 고민하기 시작했다.

'사과를 받겠다는 의지는 확실히 전했지만······.'

엘프 간의 사과는 담백하고 간단한 방식이지만 그 시간이 꽤 걸리는 방식이었다.

그도 그럴 것이 타 종족보다 많은 시간을 사는 그들

은 본래 매사가 여유로운 편이었고, 대다수가 인간의 기준으로 하면 '느리다'라고 표현될 만큼 느긋하게 움직이는 경우가 많았다.

그중 서로의 마음속 진심을 확인하는 화해는 그런 엘프들의 느긋함의 절정이라고 할 수 있었다.

서로 간의 마나를 섬세하게 움직이며 각자 마나에 담긴 기류로 진심을 읽고 보듬어가는 무언의 대화는 정말이지, 오래도록 계속되는 경우가 많았다.

'마나를 계속 움직여주는 거야 어려운 건 아니지 만……'

문제는 이곳이 학교의 교실이라는 점이었다.

그녀의 약속이 있는 이상 그녀 입으로 현우에 대해 말하진 않을 테지만, 지금까지 일어난 상황만 봐도 오해의 시선을 받기에 충분했다.

특히나 엘프의 풍습을 전혀 모르는 이들이 현우와 그녀가 하고 있는 모습을 본다면 무언가 엘프와 마법사간의 의식 등으로 여러 오해를 낳을 가능성이 있었다.

그런데 이때.

저벅 저벅 저벅!

"델로니어스 님!"

현우의 뒤편, 학생 무리를 뚫고 빠른 걸음으로 나타난 까만 선글라스, 새까만 양복의 남자가 이마를 맞대고 있는 현우의 어깨를 잡았다.

그리고…….

덥석! 휙!

우당탕!

"큭!"

"꺄앗!"

최근 마나의 힘으로 어느 정도 근력 보정을 받았다고는 하지만 여전히 행사장 풍선처럼 나풀거리기 좋은 몸매인 현우였다. 그에겐 물리법칙을 거스를 만한 힘이 없었고, 자신을 뒤로 잡아 던지는 남성의 억센 손길을 피할 방법도 없었다.

아나피의 짧은 비명소리가 울려 퍼진 가운데 바닥에 주저앉게 된 현우는 이 당혹스러운 상황에 눈을 치떴다.

물론 현우가 화해가 끝나는 시간에 대해 걱정을 갖고 있긴 했지만, 결코 이런 마무리를 원한 것은 아니었으니 말이다.

"델로니어스 님! 괜찮으십니까? 저 불한당 녀석한 테 무슨 일이라도 당하신 건……!"

짝!

'하, 엘프답지 않게 꽤나 화끈한 여자구만.'

현우를 바닥에 내동댕이치고 델로니어스의 안부를 살펴 묻는 선글라스 남자를 노려보던 현우는 그녀를 머리에서 발끝까지 샅샅이 훑어보는 선글라스 남자의 뺨을 시원하게 후려쳤다.

당연히 인간보다 뛰어난 근력을 가진 엘프가 힘껏 친 것인 만큼, 남자의 얼굴이 그야말로 자신의 어깨가 훤히 잘 보일 만큼 옆으로 깊게 돌아갔다.

땡그렁!

교실에 정적이 가득한 가운데, 그의 얼굴 반절을 가리고 있던 선글라스가 한참을 허공을 날더니 바닥에 떨어졌다.

"데… 델로니어스 님?"

선글라스가 벗겨진 남자의 얼굴은 조금은 강퍅해 보이는 인상으로, 자신이 뺨을 맞은 게 이해가 안 된다는 듯, 떨리는 목소리로 그녀를 불렀다. 하지만 그녀의 얼굴엔 싸늘함만이 남아있을 뿐이었다.

'쯧쯧, 마나 서클을 보니 보나마나 호위 인원 정도인 거 같은데… 마법실력은 어떤지 몰라도 엘프에 대한 지식이 저렇게 모자라서야…….'

현우는 남자의 젊어 보이는 얼굴과 심장에서 느껴지는 4개의 고리를 보며 평범한 사람은 아니고 분명 정부 측의 교류 엘프 호위 인원임을 직감했다.

물론 하이엘프가 위험에 처할 만큼 위험한 일이라면 겨우 4클래스의 마법사로는 할 수 있는 게 별로 없을 것이다. 하지만 엘프의 곁에 사람을 붙여둠으로써 엘프를 어느 정도 통제 및 관리할 수도 있고, 급박한 상황에서 연락 수단도 될 수 있다. 때문에 세상에 교류 엘프가 나타나면 보호라는 이름 아래 각국 정부 측 요원이 그들을 호위하는 게 관례처럼 이어져 왔었다.

그리고 이런 엘프의 호위 인원은 마법사가 되는 것 역시 관례였는데, 그 이유가 특이했다. 그 이유는 엘프가 마법사를 좋아하기 때문이었다.

마나의 사랑을 듬뿍 받고 태어난 엘프들에게 평범한 인간은 아무리 친절하게 해준다고 해도 불편함이 느껴질 수밖에 없는 존재였다.

그에 반해 엘프만은 못하지만 마나를 다룰 수 있고 마나를 어느 정도 포용하는 게 가능한 마법사들은 평범한 인간들에 비해 조금 더 엘프를 편하게 해 줄 수 있는 존재였다.

그래서 이런 엘프들을 위해 각국에선 젊고 똑똑한, 엘리트들을 그들 곁에 붙이곤 했었다.

어차피 맨몸 전투력이야 엘프가 뛰어난 것은 당연지사, 그들을 호위하는 인원은 총을 잘 쏠 줄만 알면 됐다.

그렇기에 연륜 있고 뛰어난 마법 실력을 가진 마법사를 엘프에게 붙이기보다는 걸어 다니는 마법 교보재나 다름없는 엘프를 최대한 활용하기 위해 그런 마법사들을 붙이는 것이었다.

그러나… 그렇기에 이런 일이 종종 생기는 것이었다.

마법사들의 외골수적 성향은 사실 사회생활에 도움이 되는 경우가 드물었다.

연륜 있는 노마법사들이라면 원만하게 해결할 수 있는 것도, 젊은 혈기와 마법사의 외골수적 성향이 합쳐진 그들에겐 쉽지 않은 일이기 때문이다. 실제로도 교류 엘프를 돕는 호위 마법사들로 인한 문제가 매번 끊이지 않고 있었다.

다만 보통의 경우는 인간관계에 서투른 젊은 마법사가 민간인과의 트러블로 엘프에게 민폐를 끼치는 형태였다. 하지만 지금의 상황은 민간인에게 피해를 끼침과 동시에 엘프의 화까지 사버린, 그로서는 최악의 상황이라는 점이 다를 뿐이었다.

'그러게 미리 공부 좀 해올 것이지.'

멍한 표정이 된 남자의 얼굴을 보며 그의 무지함에 혀를 차던 현우는 문득, 그의 얼굴이 꽤 낯이 익다는 생각이 들었다.

'음…? 왠지 어디선가 본 것 같은 얼굴인데?'

현우는 흐릿하게 떠오르는 얼굴의 선명도를 높이기 위해 고개를 갸웃거렸다. 그러나 얼굴의 주인공이 현우에게 임팩트가 없던 것인지, 아니면 애당초 그냥 우연히 닮은 사람을 스쳐봤던 것인지, 쉽게 그 모양이 완성되지 않았다.

그러는 사이, 여전히 멍하니 선 남자를 냉담한 표정으로 쳐다보던 델로니어스가 남자와 마찬가지로 여전히 바닥에 주저앉은 현우 곁에 꿇어앉으며 현우의 몸을 살폈다.

"괜찮아요? 다친 데는 없으신가요?"

외견상 아무런 이상이 보이지 않았는지 현우에게
직접 질문을 하던 그녀는 입술을 질끈 깨물며, 둥그렇
게 뜬 눈으로 현우와 델로니어스를 쳐다보던 남자를
한차례 더 노려보았다.

그리고 다시 한 번 현우에게 사과했다.

"휴우, 정말 죄송해요."

한숨까지 쉬어가며 죄송한 표정을 짓는 그녀를 나
무랄 생각이 없던 현우였기에, 현우는 괜찮다는 제스
처를 취했다. 하지만 그럼에도 그녀는 마음이 편치 못
했는지 이번에도 현우에게 이마를 가져다대며 마나
교감을 시도했다.

그러나 이번엔 현우가 단호히 거절을 했다.

"정말 괜찮아. 내 말이 진심인 거 알지?"

끄덕.

진심으로 다시 이마를 맞대고 언제 끝날지도 모르
는 사과를 받는 것을 꺼린 현우의 말에는, 굳이 엘프
가 아니더라도 뚜렷하게 느낄 만큼 진심이 가득했다.

"그리고… 굳이 사과를 받는다면 델로니어스 당신

에게 받는 것보단 저쪽에게 받는 게 맞는 것이니까."

현우가 그렇게 말하며 눈짓으로 까만 양복의 남성을 가리키자 델로니어스의 눈이 반짝였다.

"당신! 빨리 그에게 사과하세요!"

"……예?"

말을 듣기 무섭게 행동으로 실천하는 델로니어스의 행동력에 놀랐는지 저도 모르게 반문을 한 남자는, 이어지는 델로니어스의 말에 사색이 되었다.

"……당신이 사과를 하지 않겠다면 저는 당신을 더 이상 제 곁에 두고 싶지 않군요. 이 일에 대해 정식으로 당신의 윗사람에게 보고하고 다른 사람의 도움을 받겠어요."

순간 그의 머릿속으로 많은 것이 떠올랐다.

그를 엘프에게 보낸 정부의 고위 인사들과 그를 응원해준 많은 동기들, 그리고 무엇보다 자신을 지금 이 자리에 꽂아준 집안까지…. 만약 지금 여기서 쫓겨나게 된다면 저들 모두로부터 질책과 비난을 듣는 것은 기본이고 정말 혹시라도 델로니어스가 그가 보기 싫다고 다른 나라에서 교류 엘프 활동을 시작한다면 국제적 망신이 될 수도 있는 일이었다.

그만큼이나 교류 엘프라는 존재는 국가적으로 중요한 존재였다.

으득.

"……죄, 죄송합니다."

어째서일까?

그렇게 중요하고 위험한 상황임에도 사과를 하는 그는 자존심에 입술을 질끈 깨물었다.

아니, 사실은 왜 그런지는 그 스스로 잘 알고 있었다. 그는 현우에게 약한 모습을 보이는 게 싫었던 것이다.

얼마 전, 그가 교류 엘프의 호위가 되기 전의 일이었다.

그는 이곳 학교에서 현우가 마법을 사용하는 모습을 아주 가까이서 본 적이 있었다.

당시 그는 현우가 사용하는 마법이 일반 자연계 마법들보다 어렵다는 보조 마법임을 알았고, 언론에 뛰어난 재능을 가진 사람으로 소개 되는 것을 보며 일종의 자격지심을 갖게 되었다.

그는 엘리트라는 말에 어울리지 않게 지금의 자리까지 스스로의 노력으로 올라왔던 만큼, 그런 말도 안 되는 재능을 가진 이가 있다는 것에 불공평함을 느끼고 있었다. 또한 필연적으로 그 재능으로 자신의 위에 올라서게 될 현우에게 큰 반감을 품고 있었다.

거기에 그날 자신의 역할을 제대로 하지 못한 것에 대한 문책은 덤이었다.

물론 현우가 마법을 쓰지 않았다면 그는 일을 제대로 하지 못한 죄로 문책이 아니라 아예 축출 당해 버렸을 것이다. 하지만 그런 생각은 이미 현우에 대한 반감에 묻혀버린 지 오래였다.

그는 자신의 자격지심을 털어내기 위해 전력으로 마법에 집중했고, 본래부터 재능이 나쁘지 않던 그는 단 며칠 만에 **'한 단계'** 높은 곳에 진입하는 것에 성공했다.

다행히 이런 그의 능력을 눈여겨본 후원자 집안의 사람들은 그에게 다시 기회를 주기로 했고, 때마침 나타난 교류 엘프에게 붙여준 것이었다.

그렇기에 저 델로니어스라는 엘프는 그에게 있어 재도약의 기회이며 현우로부터 멀리 달아날 수 있는 도움닫기용 발판이었다.

그뿐만이 아니었다. 사실 오늘 이곳, 현우네 학교

에도 그가 노리는 바가 있었기에 온 것이었다.

델로니어스에게 인터넷에 대해 가르치던 중 우연히 현우의 체육대회 영상을 본 그녀가 지대한 관심을 갖는 것을 보고, 그가 직접 그를 만나 볼 것을 '권유한 것'이었다.

그가 그렇게까지 한 데에는 정식 마법사로서 4클래스에 오른 자신과 뛰어난 재능이 있다곤 하나, 1서클조차 이루지 못한 어린애를 엘프가 직접 비교하게 함으로써 자신의 상대적 가치를 올리고 현우를 깎아내리려는 의도가 있었기 때문이었다.

그런데 일이 꼬여 그토록 싫어하는 현우에게 사과를 해야 하는 상황이 오다니…. 그로서는 최악이라고 할 수 있었다.

'흐음……'

퍼렇게 질린 얼굴로 입술을 깨문 채 사과하는 그의 모습을 지켜보던 현우는 그 진정성 없는 사과에 살짝 미간을 모았다. 하지만 이내 고개를 끄덕였다.

괜히 이 이상 소란을 만드는 것도 현우로선 불편한 일이고, 어쨌거나 사과를 받은 이상 그를 자극해서 관심을 받는 것은 사양하고 싶은 현우였다.

그래서 현우는 때마침 남자가 사과하는 모습을 보며, 그의 인생을 나락에 빠뜨릴 최후통첩의 결과를 말하려던 델로니어스의 어깨를 손으로 잡아 제지시켰다.

"델로니어스……."

"……아나피예요."

그녀를 말리기 위해 입을 열었던 현우는 뜬금없는 그녀의 말에 고개를 갸웃거렸다.

"……?"

"아나피, 그렇게 불러주세요."

"아, 그렇군."

지금껏 저 선글라스 남자가 그녀를 델로니어스라고 불렀기에 현우 역시 그렇게 부르고 있었지만, 사실 그녀의 본래 이름은 아나피였다.

그녀의 풀 네임 에리나반 델로니어스 아나피는 각각 부모의 이름 중 일부와 그녀들의 대지모신 델로니어스, 그리고 자신 본연의 이름으로 구성되어 있었다. 그러므로 그녀의 정확한 이름은 아나피가 맞았다.

그리고 현우는 이러한 사실을 **'알고 있는'** 상태였다.

'응? 그런데 델로니어스는 **저쪽 세상의** 고대신 이

름 아닌가?'

현우는 뜬금없는 궁금증에 조금 전과 마찬가지로 조그맣게 고개를 갸웃거렸지만, 이내 그런 의문은 뒤로한 채 당장의 일에 집중하기로 했다.

"그럼 아나피, 나는 충분히 사과를 받았으니 그만하도록 해."

"하, 하지만……."

충분한 사과를 받았다고 말하는 게 거짓임을 느낀 것일까. 아나피의 얼굴이 울상이 되었다. 하지만 이내 이어지는 현우의 말에 수긍할 수밖에 없었다.

─나는 이 이상 소란이 일어나는 걸 원하지 않아.

"……알겠어요."

아나피는 여전히 불만족스러운 표정이었지만 현우의 진심을 알겠다는 듯 고개를 끄덕이며 앞에선 그에게 말했다.

"그만하면 됐어요. 그래도 오늘은 당신과 있고 싶지 않으니 이만 돌아가 주세요."

냉랭함 가득한 그녀의 말에 남자는 붉게 달아오른 안색으로 그녀에게 작게 고개를 숙이며 교실 밖으로 걸어 나갔다.

그 와중에도 아직 바닥에 주저앉은 현우를 뜨거운 눈길로 째려보고 지나가는 것을 잊지 않았다.

'저 녀석은 누구길래 나한테 저렇게 화가 나있는 거지?'

저렇게까지 대놓고 적의를 표하는 데야 똑똑한 현우가 그 기색을 모를 리가 없었다.

다만 문제는 여전히 그가 누군지 기억이 안 난다는 점인데…. 일련의 상황을 보건대, 지금 나간 남자는 분명 이전부터 현우를 알고 있었고 현우에게 좋은 감정보다는 나쁜 감정이 많았던 사람인 것만은 분명했다.

현우가 그에 대해 다시 한 번 떠올리려 기억을 헤집는 사이, 아나피가 주저앉은 현우에게 손을 내밀었다.

"정말로 괜찮은가요?"

"그래, 정말 괜찮아."

그녀의 손을 잡고 벌떡 일어난 현우가 엉덩이를 털고 있을 때, 조심스레 현우의 곁으로 다가오는 그림자가 있었다.

툭툭!

"응?"

그림자는 현우의 몸에 묻은 먼지를 털어내고 있었는데 그 생소한 감각에 고개를 돌린 현우가 마주친 것은 어쩐지 고리눈을 하고 있는 이성희였다.

"현. 우. 야. 괜. 찮. 아?"

"응? 으응……."

어쩐지 쉽게 대답하기 힘든 분위기를 풍기는 이성희의 모습에 조금 시선을 피하며 얼버무리듯 대답을 한 현우였다.

그렇게 이성희의 시선을 피하던 현우는, 남자가 사라지자 웅성거리기 시작한 학생무리들을 보며 이제 뭘 어떻게 해야 하는가에 대해 고민하고 있었다. 그때, 그의 고민을 단번에 해결해주는 소리가 울려 퍼졌다.

딩~ 동~ 댕~ 동~.

학교 전체에 울려 퍼지는 아침 조례 시작 종소리에, 난생처음 수업종소리를 들어본 아나피부터 교실에 모여든 모든 학생들의 시선이 종소리가 흘러나오는 스피커로 향했다.

그리고 잠시 뒤.

웅성웅성. 와글와글.

**언령의
주인**

그토록 많던 학생들이 약속이라도 한 듯 우르르 몰려 사라지는 것을 보며 아나피는 놀랍다는 표정을 지었다.

"와! 대단해요! 저 소리는 무슨 약속인가요? 아니면 특별한 훈련이라도?"

"뭐… 비슷하다고 할 수 있으려나?"

약속이면 약속이고, 훈련이라면 훈련이라고도 할 수 있을 터. 현우 나이 또래의 학생들은 십 년 넘게 지키고 있는 약속이었으니 어쩌면 훈련 받은 것이라고 해도 좋을 터였다.

"헤에~."

멀어져 가는 학생들의 뒤꽁무니를 신기하다는 듯 바라보는 아나피의 모습을 마찬가지의 눈으로 쳐다보고 있던 현우는 이내 무언가 떠올랐다는 듯, 그녀에게 물었다.

"그러고 보니… 아나피. 왜 여기에 있는 거지?"

현우가 엘프에 대해 **알고 있는 바에 의하면** 교류 엘프로 세상에 나온 하이엘프들의 일정은 굉장히 **빠듯**하게 돌아가는 것으로 알려져 있었다.

그도 그럴 것이 교류 엘프란 게 수십 년에 한 번씩

세대교체를 하며 전 세계의 나라 중 한곳에 정착하여 문물을 배우고 가는 방식이었다. 때문에 어느 곳에 정착한다고 한들, 그곳에서 수십 년을 전부 보내지는 않았다.

각 국가에 따라 가진 문명의 수준이나 기술도 다르고, 한 곳에만 머무르게 되면 각국의 이해관계에 따라 배움에 문제가 생길 수도 있었기 때문이다.

그렇기에 거처를 전 세계 나라 중 한곳에 잡을 뿐, 실제 활동 영역은 전 세계를 아우르기 마련이었다.

특히나 그녀가 나타난 지 얼마 안 된 지금은 교류 엘프의 세대교체를 전 세계에 알려야 하기에, 보통 이맘때 교류 엘프의 주요 활동은 세계 각국을 방문하여 얼굴을 비추고 그녀의 활동에 필요한 여러 가지를 사전에 합의하는 것이었다.

"후후, 일정이 꽤 밀려있기는 한데… 어제 이 시대의 가장 중요한 것 중 하나라는 인터넷이란 걸 배우면서 현우 씨의 모습을 봤거든요. 비록 동영상이란 걸로 봐서 확실하진 않았지만 그건 꽤나… 음……."

편안히 말을 하던 아나피의 목소리가 갑자기 줄어드는 것을 보니, 아마도 금제를 떠올린 듯싶었다. 그녀는 지금 현우의 마법과 관련하여 함부로 말할 수 없는 상황이었으니 말이다.

"흠흠, 어쨌든. 그런 모습에 호기심이 생겨서 꼭 같이 대화를 해보고 싶었어요. 물어보고 싶은 것도 많았고…. 그래서 몇 가지 일을 미루고 한 주간 이 한국 내에서 몇 가지 문명 체험을 하기로 스케줄을 잡았거든요."

결국 현우의 마법과 관련해선 얼렁뚱땅 말을 얼버무린 그녀였지만 현우를 이해시키는 데는 충분했다. 결국 현우가 궁금해서 여기까지 왔다는 말 아니겠는가.

"그래, 그랬었군."

아나피의 설명을 듣고 고개를 주억거리는 현우는 비로소 오늘 학교 앞에서 벌어진 일들을 이해할 수 있었다. 어차피 다른 나라에 인사를 가는 거야 조금 편하게 일을 진행하기 위한 관례일 뿐이었고, 사실 모든 것은 교류 엘프의 결정이 최우선이다. 그러니 그녀가 원한다면 그 누구라도 거역할 수 없었을 것이다.

"그럼 그 광고를 찍은 것도 체험의 일종인가? 상업 목적의 상품광고던데?"

"아, 그건 가장 쉽고 빠르게 이 나라에 저를 알리는 방법이 있다고 추천 받아서 찍은 거예요. 전대 교류 엘프셨던 오만 님이 직접 골라주셨거든요. 처음에 카메라란 게 뭔지도 모르고 앞에서 포즈를 잡았는데 그런 모습으로 나올 줄은 몰랐어요."

아마도 노출도 높은 수영복을 입고 있던 자신의 모습이 떠오른 건지 조금 얼굴을 붉히며 말하는 그녀의 모습은 보는 사람의 혼을 빠지게 하는 매력적인 모습이었다. 하지만 이를 가장 가까이서 보고 있는 현우와는 무관한 일이었다.

'흠… 확실히 저 광고가 등장하고 단 며칠 사이에 아나피의 얼굴을 모르는 사람은 없어졌으니 효과가 있긴 있군.'

전대 교류 엘프였다던 오만이란 엘프의 선구안에 내심 감탄하던 현우는 문득 머리를 갸웃거렸다.

'응? 광고가 며칠 전부터 했던가? 그때 내가 TV를 보기라도 했었던 걸까?'

광고가 며칠 전에 시작되었고 그로 인해 국내에 그녀의 얼굴을 모르는 사람이 없어졌다는 것을 생각하면서도 현우는 근래에 텔레비전을 통해 무언가를 본

기억이 없다는 사실을 떠올렸다.

'인터넷을 사용하다 봤던 걸까?'

그럴 수도 있었다.

최근 현우는 인터넷을 통해 많은 정보를 접하고 있었고, 직접 도서관을 찾는 것보다 효율이 좋은 인터넷 검색에 빠져있었으니 말이다.

자신의 생각에 대해 스스로 반박하며 고개를 주억거리던 현우는 그 순간 또다시 떠오른 게 있어 미간을 모았다.

'그런데… 오늘 버스정류장에서…… 어?'

무언가 떠오르려던 것도 잠시, 현우의 머릿속에 떠올랐던 의문은 스쳐 지나가는 생각처럼 순식간에 사그라들었다.

그리고 의문이 사라진 머리로 두통이 엄습했다.

욱신!

"음……."

마치 커다란 봉으로 뇌 속을 깊게 헤집고 들어오는 듯한 묵직한 고통에 침음성을 흘린 현우였지만 고통 자체를 내색하지는 않았다.

아니, 정확히는 내색할 수가 없었다.

고통의 얼얼함은 여전히 남아있었지만, 고통 자체는 순식간에 사라졌기 때문이다. 뿐만 아니라 난생처음 느껴보는 새로운 종류의 고통이자 감각이었기에, 몸이 따로 취해야 할 모습 같은 게 떠오르지 않았기 때문이다.

스윽―.

느리게 손을 올려 머리를 쓸어 넘긴 현우는 고통이 식고 얼얼함만이 남은 정수리 부분을 손으로 문지르며 난생처음 느껴본 감각에 천천히 적응해나갔다.

그리고 이때, 아주 작은 행동의 변화 속에서도 현우의 이상함을 포착한 것인지, 현우의 곁으로 두 개의 얼굴이 다가왔다.

"현우 씨, 괜찮으신가요?"

"현우야, 괜찮아?"

거의 동시에 튀어나온 두 여자의 목소리에 아나피와 이성희의 얼굴이 잠시 마주봤지만, 이내 다시 둘의 얼굴이 현우를 향했다.

현우는 부담스러운 거리에 있는 두 얼굴로부터 슬쩍 머리를 빼며 말했다.

"음, 잠시 두통이 있었던 것뿐이니 걱정할 필요 없다."

"그럼 제가 치료 마법을……!"

"나 두통약 가지고 다니는 거 있는데, 잠시만……."

현우의 말이 끝나기 무섭게 각자의 대책을 말하던 두 여자는 이번에도 거의 동시에 터져 나온 서로의 목소리를 듣고 잠시 얼굴을 마주보다가 현우가 절레절레 손을 흔드는 것을 보고 다시 현우 쪽으로 시선을 향했다.

그때, 현우가 말했다.

"두통은 없어졌지만 오늘은 컨디션이 별로군. 나는 좀 쉬도록 할 테니… 아나피, 혹시 아직 할 말이 있다면 나중에 했으면 좋겠어."

"네……."

명백한 현우의 축객령에 내내 싱글싱글하던 아나피가 시무룩해진 얼굴을 했다.

순간. 교실 곳곳에서 안타까운 탄성과 소요가 일었지만… 그들의 시선이 아나피에게서 현우로 향하는 순간 소요는 고요가 되어버렸다. 각자의 교실로 돌아가버린 학생들도 마찬가지겠지만, 그들에게 있어서 현우는 여러 모로 어려운 존재였다.

학교의 폭군이란 녀석에게 불려가 역으로 경찰서로 보내버렸으며 체육대회날은 전국을 떠들썩하게 만드는 마법을 사용함으로써 위기에 처한 서보람을 구하기도 했고, 지금은 그를 찾아온 교류 엘프와 아무렇지도 않게 대화를 하고 있는 중이니… 이젠 단순히 그의 행동이나 외모의 혐오감 때문에 멀리하는 게 아니라 차마 함부로 가까이 갈 수 없는 기분이었다.

어쨌거나 그렇게 시무룩한 아나피가, 현우로부터 한 발짝 멀어졌을 때. 그런 아나피의 모습을 바로 옆에서 지켜보던 이성희는 어쩐지 조용히 미소를 지으며 현우가 말하기도 전에 자신의 자리로 돌아갔다. 뭐, 사실 말만 안 했을 뿐 '이제 좀 가는 게 어떻겠느냐' 하는 눈빛을 계속 보내고 있던 현우였으니 오히려 늦은 편이긴 했지만…….

드르득-!

"자, 자리에 앉아라! 아… 델로니어스 양은 잠시 앞으로 나와 주셨으면 합니다."

대충 상황이 수습되기 무섭게, 마치 기다렸다는 듯 선생님이 나타나 아나피를 불렀다.

그녀를 부른 선생님은 꽤나 평범한 말투로 그녀를

불렀다. 그러나 그녀가 가까이 갈수록 올라가는 입꼬리와 붉으락푸르락해지는 얼굴을 보아하니 선생님으로서 자존심을 지키기 위해 필사적인 것 같았다.

이내 아나피가 그의 옆, 교실 단상 위에 서자 사람의 얼굴의 한계를 시험하듯 얼굴이 시뻘겋게 변한 선생님이 조금은 떨리는 목소리로 그녀를 소개했다.

"아… 여러분 모두 델로니어스 양이 누군지 알고 있을 겁니다. 그래도 간단하게 소개를 몇 자 하자면… 델로니어스 양은 얼마 전 우리나라에 온 교류 엘프로… 그녀의 요청으로 앞으로 사흘간 저희 학교에서 문화 체험을 하게 될 예정입니다."

"안녕하세요, 여러분. 여러분의 학교를 며칠간 체험하게 된 델로니어스입니다. 앞으로 사흘간은 저를 여러분과 같은 학생으로 대해주셨으면 좋겠어요."

선생님의 간단한 소개가 끝나기 무섭게 교실의 학생들에게 작게 고개 숙이며 인사하는 아나피를 흐뭇하게 바라보고 있던 선생님은 순간, 고개를 들던 아나피와 눈과 무방비로 마주치자 곧바로 얼굴의 방향을 돌릴 수밖엔 없었다.

노총각인 그에게 있어서 아나피의 생글생글한 미소

는 견디기 어려운 마력이 있었기 때문이다. 그렇게 앙 다문 표정이 된 그가 조금 떨리는 목소리로 재빨리 말을 이었다.

"무, 문화 체험이라곤 하지만… 학교의 평범한 일상을 체험하기 위해 온 것이니 만큼, 평범하게 수업이 진행될 겁니다. 그러니 여러분은 평범하게 공부를 하면 됩니다. 아, 그리고 델로니어스 양의 자리는……."

선생님이 자리에 대해 말을 꺼내기 무섭게, 그녀는 단숨에 현우의 옆을 가리키며 외쳤다.

"전 저기에 앉을래요!"

"에…? 하, 하지만……."

지금껏 아나피를 보며 얼굴을 붉히고만 있던 선생님의 얼굴이 그녀가 가리킨 자리를 보고 순간 창백하게 변했다.

그녀의 손가락이 향하고 있는 곳이 바로 현우의 옆자리였기 때문이다.

뭐, 현우의 옆자리는 항시 비어있는 자리이니 만큼, 학생 중 누가 앉든 사실 선생인 그는 별로 신경 쓰지 않았다. 그러나 학생이 아닌 엘프가 앉는다는 것은 꽤나 곤란했다.

아나피에게 학교의 좋은 모습만 보여주고, 좋은 기억만 남기고 싶은 그에게 있어서 현우의 옆자리란 것은 어떤 방식으로도 좋은 모습을 보여주기 힘든 위치였으니 말이다.

'그래도 엘프가 원하는 것을 최대한 모두 들어주라고 언질이 있었으니…….'

오늘 아침, 교장, 교감 선생님은 물론 교육청과 각종 정부기관에서 나온 사람들까지 참석한 교직원 회의에서, 사흘간 아나피의 담임선생님이 된 그는 참석자들로부터 부탁의 말을 한마디씩 들었다. 그런 그에겐 아나피의 요청을 거절할 힘이 없었다.

'제발 저 녀석이 사흘간 평소처럼 입 다물고 살기를 바라는 수밖에…….'

선생님인 그가 기억하는 현우는 여전히 학교 최대의 문제아인 예전 김현우의 모습 그대로였다.

그도 그럴 것이, 수업이 끝나면 쌩하니 교실을 나가버리는 그로서는 쉬는 시간에 학생들이 현우를 두고 떠드는 이야기 같은 것을 집중해서 들어본 적이 없기 때문이다. 그렇기에 지금의 현우가 학생들 사이에서 단순히 불쾌한 왕따 같은 존재가 아니라, 학교 최대의 유명인사이자 다가가기 어려운 존재로 인식되고 있음을 여전히 모르고 있었다.

'그래, 최근에 몇 번 정신 나간 짓을 벌이긴 했지만… 그래도 요 며칠간 잠잠했으니 일단은 두고 보자.'

그가 말하는 정신 나간 짓이란 바로 학교의 폭군이라 불리던 박성빈을 쫓아낸 것과 학교 체육대회에서 마법을 사용한 것을 가리키는 것이었다.

그가 이 두 사건을 정신 나간 짓으로 생각하는 데는 많은 이유가 있었다. 우선 학생들의 평가가 어쨌든, 박성빈이 선생님들에게 귀여움 받는 존재였다는 점, 또한 그의 아버지가 학교에 많은 도움을 주는 벤처 사업가였다는 점. 그리고 이 모든 것이 김현우의 주도(?)에 의해 학교에서 사라졌다는 점이었다.

명명백백, 박성빈의 잘못으로 야기된 일이었다. 하지만 귀가 어둡고 현우에 대한 선입견을 버리지 못하는 선생님들에겐, 귀여운 제자 하나가 김현우라는 불쾌한 녀석을 괴롭히려다 한순간의 충동을 이기지 못해서 나락에 빠진 것으로 인식되고 있었다.

마법과 관련한 일도 마찬가지였다.

비록 현우가 있었기에 서보람을 구하기는 했지만, 학교 최대의 수치로 여겨지던 현우가 갑자기 언론을 타기 시작하고 학교를 대표하는 유명인사로 자리 잡는 것이 선생님들에게 있어선 불쾌했다. 그들에게 있어서 현우는 언제까지고 감춰야 하는 존재였으니 말이다.

'게다가 의식 마법 같은 걸로 호들갑 떨고 말이지……'

연륜이 연륜이니 만큼 많은 것을 보고 들으며 살아온 선생님에게 있어서, 누군가가 의식 마법을 사용했다는 소식은 불규칙적인 텀을 두고 꾸준히 들어온 조금 신기한 자연현상 같은 것이었다. 굳이 비유하자면 슈퍼문 같다고나 할까? 항시 일어나고 있는 자연 현상이지만, 밤 시간대에 한국에서 선명히 관측되는 경우가 드물기에 가끔 눈에 잘 보이는 날이면 여기저기서 시끌시끌해지는 슈퍼문 같은.

현우의 의식 마법 발동은 학생들보다 많은 세월을 산 선생님들에게 있어 딱, 그 정도 수준의 이야기였던 것이다.

물론, 현우가 그때 마법을 펼치지 않았다면 박성빈보다 더 중요한 인물이던 서보람이 크게 다쳤을지도 모르지만, 당시에 무려 '3클래스'의 마법사가 곁에 있지 않았던가?

만약 현우가 없었다면 그가 알아서 잘 처리했을 것임을, 오랜 세월 속에서 간간이 접한 마법의 힘을 통해 마법에 대한 환상을 가진 선생님은 그렇게 생각했다.

"……델로니어스 양이 원하신다니 그렇게 하세요."

순간 한 사람의 얼굴이 썩어 들어갔고, 한 엘프의 얼굴에 깊은 미소가 번졌다.

"와! 신난다!"

진심으로 기뻐하는 아나피의 모습에 흐뭇한 미소를 감추지 못하던 선생님은 그녀에게 무언가 들어있는 쇼핑백 하나를 건넸다.

"이건 학교의 교복입니다. 델로니어스 양. 우리 학교의 학생들은 모두 이 옷을 입고 학교에 오죠. 내일부터는 등교하실 때 미리 입고 오시면 됩니다."

"와아~!"

그녀의 미모에 취해 대부분이 인식하지 못하고 있었지만, 사실 그녀는 여태껏 평범한 일상복 차림이었다.

별다른 무늬조차 없는 평범한 티셔츠 한 장에 무난하게 무릎 어림까지 감싸는 반바지 하나.

그게 그녀가 몸에 걸친 모든 것이었다.

사실 세상에 나오자마자 문화 적응을 위해 엘프족 전통의 옷을 벗고 일부러 평범한 일상복을 입고 있던 그녀였지만, 내심 학생들이 입는 예쁜 교복을 탐내고 있었다. 때문에 교복을 받은 기쁨은 너무나도 컸다.

"정말 감사해요!"

덥석!

기쁨을 주체하지 못하는 그녀를 보며 마찬가지로 기쁨이 주체가 안 돼서 얼굴에 경련이 일기 시작한 선생님의 팔이 그녀의 손에 잡혔을 때, 선생님은 자신을 감싸는 난생처음 느껴보는 부드러운 촉감에 화들짝 놀라며 단숨에 아나피로부터 멀어졌다.

그러곤 승천하는 입꼬리를 감추기 위해 입을 가리며 속사포로 말을 쏟아냈다.

"바, 반장은 델로니어스 양에게 타, 탈의실을 가르쳐 주고, 교복 입는 법을 알려주도록 해! 오늘 조례 마친다! 수업 시작할 때까지 자습하고 있어!"

드르륵!

그 말을 끝으로 순식간에 반을 나가버린 선생님이 있던 곳엔 당황한 표정의 아나피와 난생처음 보는 선생님의 모습에 눈을 동그랗게 뜬 학생들의 시선이 남았지만, 이내 이성희가 나서서 상황을 정리했다.

짝짝!

"자, 너희는 자습하고 있어 난 탈의실을 알려주고 올 테니까."

정리라곤 하나 그저 저 말 한마디와 교복을 만지작거리며 멀뚱히 서있던 아나피를 데리고 나간 것뿐이긴 했지만 의외로 효과는 탁월했다.

더 이상 시선을 모을 만한 대상도 없을 뿐더러 현우라는 신경 쓰이는 존재가 있는 곳에서 시끄럽게 굴 만한 사람은 없었던 것이다.

사라락-.

이내 교실이 책장 넘기는 소리로 가득 찼다.

　　　　　　*　　　　　*　　　　　*

"그… 델로니어스 양?"

조용해진 교실을 뒤로하고 아나피를 데리고 여학생 탈의실로 향하던 이성희는 조심스럽게 그녀를 불렀다. 그러나 아나피는 그게 아니라는 듯 고개를 저으며 말했다.

절레절레.

"그냥 편하게 아나피라고 불러주세요."

"에? 음… 현우가 분명 그렇게 부르긴 했지만… 그래도 괜찮아요?"

"네, 물론이죠. 당신은 현우 씨의 절친한 친구인걸요."

그렇게 말하며 배시시 웃어 보이는 아나피의 얼굴은 여자인 이성희조차 가슴이 철렁할 정도였지만, 이내 침착하게 다시 입을 열었다.

"음… 그럼 아나피… 양? 아니, 나도 반말을 해야 하나?"

"후후, 현우 씨는 그런 거 고민하지 않는 거 같던데."

"에? 확실히 그 녀석은 반말로 말하긴 했지만….
그러고 보니 그 녀석, 자기보다 확실히 어린 사람 말
고는 반말 안 하는데…. 아나피… 양은 저희보다 나
이가 많은 거 아닌가요? 엘프들은 보기보다 나이가
많다고 들었는데."

"음… 확실히 그렇죠. 평범한 인간의 기준에서라면
전 이미 할머니인걸요."

"에엑? 그렇게나 많아요?"

세계사나 현대사를 배우며 엘프의 수명에 대해서도
어느 정도 들은 바가 있는 이성희였지만, 아무리 봐도
할머니라고는 생각할 수 없는 아나피의 모습에 믿기
지 않는 다는 듯, 놀란 표정을 지었다. 그리고 중얼거
렸다.

'으음… 그 녀석도 모르지 않을 텐데 왜 반말로 했
을까…? 액면가 때문에? 하지만 원래 얼굴 보고 대화
하는 녀석은 아닌데…. 에이, 그녀석 때문에 괜히 나
도 불편해지게…….'

"후후 편하게 말씀하셔도 돼요."

자세히 나이를 알려준 것은 아니지만 아나피의 나
이가 생각보다 훨씬 많다는 것을 듣고 난 후 눈에 띄

게 그녀의 눈치를 보는 이성희였다. 아나피는 편하게 말하라고 했지만 그럴수록 이성희의 행동은 조심스러워졌다.

그도 그럴 것이 한두 살 많은 것도 아니고 할머니와 손녀 수준의 나이 차라고 하지 않는가? 아무리 종이 다르고 액면가에 차이가 있다고 해도 쉽게 말을 놓기는 힘들었다.

"흠흠, 일단 저는 이게 편한 거 같으니… 존댓말을 쓸게요, 아나피 양."

"후후, 그렇게 하세요. 그리고 나중에 언제라도 반말이 편해지시거든 반말로 하셔도 좋아요."

"네……."

과연 그런 날이 올까, 하는 생각을 하며 조금 늘어진 대답을 하던 이성희는 처음 호기롭게 말을 붙였던 것과 달리 할 말이 궁색해졌다.

본래 그녀가 하고 싶던 말은 현우에 대한 아나피의 행동과 관련한 몇 가지 추궁이었지만, 할머니뻘 여자를 두고 그런 말을 한다는 것부터가 실례인 것 같이 느껴졌기 때문이었다.

'그 녀석도 여자가 아무리 예뻐도 설마하니 할머니

를…. 음… 그건 아닌가?'

세상의 많은 남성들이 엘프에 열광하는 것을 떠올려 보면 아나피의 나이가 많다고 문제가 될 거란 생각이 들지 않았다.

그렇게 이성희가 혼자서 머리를 굴리는 이때, 아나피가 무언가를 발견하곤 입을 열었다.

"아! 저기 탈의실이 있네요."

한국어로 탈의실이라고 적힌 푯말에는 여성용임을 알려주는 분홍색의 여성 그림이 그려져 있었다. 그리고 이런 아나피를 보며 이성희가 놀랍다는 듯이 말했다.

"한국어를 잘하시네요? 엘프가 머리가 굉장히 좋다고 하더니… 한국에 오신 지 얼마 안 된 거 아니셨나요?"

"네? 호호호."

놀라워하는 이성희를 보며 가볍게 웃음지어 보인 아나피는 자신의 귓가에 달린 장신구를 가리키며 말했다.

"후후, 사실은 온전히 제 실력이 아니라 여기에 있는 마법 아티팩트의 도움이에요."

"마법!"

얼마 전 체육대회 사건이 있은 후 마법에 지대한 관심을 갖게 된 이성희였다. 물론 기반 지식이나 재능 없이 그저 관심을 갖고 있게 된 것뿐이라 주먹구구식으로 인터넷에 나열된 정보만을 훑어본 게 다인 그녀로선, 이렇게 가까이서 마법을 목격하는 게 두 번째라고 할 수 있었다.

"네, 이 귀걸이에는 통역마법이 걸려있어서 들리는 말의 의미를 파악 할 수 있게 하고, 제가 하고 싶은 말의 발음을 머릿속에 알려주거든요. 물론 글을 읽거나 쓸 때도 마찬가지고요."

보통 통역 마법이라 함은 일방적인 경우가 많았다.

듣는 사람에게 의미를 전달해주거나, 말하는 사람의 의미를 번역해 주거나 하는 방식이었다.

하지만 아나피가 가진 아티팩트는 이 두 가지의 기능을 동시에 할 뿐 아니라, 단순히 번역하여 대신 말해주는 수준을 넘어서고 있었다. 이 아티팩트는 하고자 하는 말을 어떻게 해야 말할 수 있는지까지 머릿속으로 설명해 주는 아주 고차원적인 마법이 걸린 아티팩트였다.

심지어 아티팩트 스스로 신체의 감각과 연결하여 조금 전처럼 눈으로 텍스트를 보는 것으로 그 의미를 파악할 수 있게 해주는 기능까지 첨부하고 있었다.

그렇기에 아까 아티팩트를 확인한 현우가 놀랐던 것이다.

흔히 알려진 단순한 통역 마법 수준을 벗어난 고차원의 마법이 걸린 아티팩트란 칼롯 코즈너의 세상에서도 그리 많지 않은 귀중한 아티팩트였기 때문이었다.

'후후… 이만한 아티팩트를 단숨에 알아보다니… 확실히 뛰어난 사람임에 분명해. 서클이 감지되지 않는 건 의문이지만… 무언가 마법으로 숨기고 있는 것일 테지.'

자신의 귀를 만지작거리며 아까 현우의 놀란 표정을 떠올린 아나피는 현우가 자신의 능력을 숨기던 것을 떠올리며 현우의 서클이 감지되지 않는 것도 그가 마법으로 이를 감췄기 때문이라고 생각했다.

물론 그녀의 생각은 당연히도 틀린 생각이었지만, 최소한 이 세계에서 서클이 없는 마법사란 존재할 수 없었기에, 그녀의 그런 생각은 상식을 놓고 볼 땐 그리 이상한 게 아니었다.

'그에 비해 이 나라 정부에서 붙여준 남자는… 꽤 많이 떨어지는 수준이었지.'

아나피가 전대 교류 엘프로부터 들은 바에 의하면 그 남자의 실력은 그리 나쁘지 않은 수준이라고 했다. 아니, 오히려 인간치고는 꽤나 뛰어난 축에 속한다고 했다.

비록 4클래스에 접어든지 얼마 안 돼서 불완전하긴 했다. 하지만 젊은 나이를 생각해 봤을 때, 앞으로 몇 십 년을 같이할 파트너로 데리고 있기에 충분하다는 평가였다.

하지만 아나피는 그 남자가 싫었다.

전 교류 엘프는 그저 그 남자의 효용성만을 보고 나중에까지 써먹을 만한지 평가를 했었을 테지만, 불과 며칠 같이 있었을 뿐임에도 간간이 보게 되는, 기묘한 눈빛과 어제 그녀에게 현우의 동영상을 보여주며 자연스레 흘리는 시기와 질투의 기운은 그녀를 불쾌하게 만들기에 충분했다.

'뭐, 그 덕분에 현우 씨에 대한 호기심이 생겨서

이렇게 직접 찾아오기까진 했지만……'

그녀 역시 겉으로 드러나지 않을 뿐, 긴 연륜이 있었다. 겨우 인간 한 명의 의식 마법 발현 모습 같은 거에 동요할 이유가 없었던 것이다. 인간에게야 특별한 경우지만, 태어날 때부터 뛰어난 마법적 재능을 지닌 엘프들 사이에선 흔한 일이었으니 말이다.

하지만 그 덕에 직접 만나본 현우란 마법사는 꽤나 특별했다.

그만한 마나를 가지고 있음에도 전혀 티가 나지 않는 마법 실력 하며, 자신의 특별한 아티팩트를 알아본 눈썰미, 거기에 모든 인간들이 어려워하는 자신을 향해 거침없이 반말을 하는 담담한 말투. 최소한 그녀가 여태 만나본 인간 중에선 가장 신선하고 특별한 인간이었다.

물론 처음 만난 그녀의 귀를 만지는 둥 꽤나 무례한 행동을 했지만, 그녀는 어째선지 그게 크게 불쾌하거나 하지는 않았다.

심지어 그녀 자신에게 하는 반말이며 행동까지도 마치 그게 당연한 것처럼 느껴질 정도였다.

게다가 처음에만 그녀의 귀를 보고 놀랐을 뿐, 그녀

의 얼굴에 그다지 관심을 두지 않는 현우란 마법사는 아나피의 머릿속에 간질거리는 무언가를 남기고 있었다.

그에 비해 오늘 현우를 밀어 넘어뜨린 그녀의 파트너 마법사는…….

'그러고 보니 이름이 뭐였더라?'

그녀는 자신 곁에 있던 마법사의 이름이 무엇인가에 대해 기억하지 못했다.

애당초 큰 관심이 없던 만큼 그의 이름을 귀담아 듣지도 않았거니와 평소 그가 아나피를 찾을지언정 아나피가 그 남자를 찾을 이유가 없던 만큼 그를 이름으로 불러본 적이 없던 탓이었다.

'강퍅한 인상이라…. 얼굴은 꽤 특징이 있었는데 이름은 특별히 기억에 남는 게 아니었지, 아마?'

그렇게 생각하며 검지손가락을 입술에 갖다 대는 그녀의 모습은 마치 누군가를 유혹하는 듯, 매혹적인 모습이었다.

그러는 사이, 옆 교무실에서 탈의실 열쇠를 받아온 이성희가 다시 아나피를 안내했다.

"아나피 양, 여기예요. 제가 교복 입는 법을 알려

드릴게요."

"아, 네!"

별로 관심도 없는 인간에 대해 고민하길 멈춘 아나
피가 희미한 미소를 지으며 이성희를 따랐다.

2.
잊어버린 것

'그래! 김택용이었어!'

책상에 얼굴을 묻고 한참을 생각하다 떠올린 것은 한 사람의 이름이었다.

또한 그 사람은 체육대회 날, 현우의 마법을 서보람만큼이나 근거리에서 목격한 목격자이자 마법사이기도 했다. 그리고 오늘 그를 밀어 넘어뜨리고 아나피에 의해 쫓겨난 '4클래스'의 마법사이기도 했다.

하지만 현우가 알기로 그 사람의 서클 개수는…….

"윽!"

욱신!

예의 아까와 같은 고통이 찾아오며 현우는 머리를 감싸 쥐었다.

하지만 그 순간, 현우가 눈물이 찔끔 날 만큼 강렬한 고통에 생각하기를 멈추자, 마치 기다렸다는 듯 머릿속의 고통도 사라졌다.

그렇게 고통이 스쳐 지나간 자리, 머릿속에 남는 것은 무언가 잊어버렸다는 기분과 얼얼하게 남은 고통의 흔적뿐이었다.

그리고 이번에야말로 현우는 이상함을 확실히 깨달았다.

'벌써 세 번째다⋯⋯!'

처음에는 아나피의 등장 시기에 대해 의문을 가졌을 때, 두 번째는 자리에 앉아 고통의 원인을 찾다가 오늘 그녀의 존재에 대한 의문을 떠올렸을 때, 그리고 세 번째가 바로 조금 전 현우를 넘어뜨린 죄로 아나피에게 호되게 질책당하고 교실을 나가게 된 '김택용'의 마법 실력을 떠올렸을 때였다.

계속해서 무언가를 잊어버리는 기분과 함께 생각이 잘 이어지지 않은 것이 벌써 세 번째나 되니 이상하지 않을 수가 없었다.

'내가 무언가 과거에 관해 의문을 떠올릴 때마다…
이런 고통이 느껴지고 생각이 이어지지 않고 있어. 그
렇다면 무언가 비밀이 있다는 것인데…….'

우선은 현우답게 마법적 문제로 접근을 해보기 시
작했다.

'금제? 저주 마법 같은 걸까?'

정확한 조건은 아직 명확하지 않지만 대략 옛날일,
과거에 대한 의문이 키워드에 근접했다는 생각이 들
었다.

하지만 문제는 자신의 몸에 이상이 없다는 것, 그것
이 문제였다.

두 번째 고통을 느낀 후부터 계속해서 자체적으로
몸의 검사를 하고 있었지만, 몸 어디에도 이질적인 마
나의 흔적은 전혀 느껴지지 않았다.

만약 현우에게 그런 특별한 제약이 걸려있다면 완
벽하게 3자의 입장으로 자신의 몸을 관조하는 게 가
능한 현우의 눈에 띄지 않을 방법이 없었다.

아무리 대단한 능력으로 감춰 놨다고 하더라도 애
당초 마나를 직접 눈으로 보고 있는 현우의 검색 능력
을 피할 수 있다는 것부터가 거의 불가능한 일이었다.

'……분명 조금 전의 반응은 흔한 저주마법의 효과와 같단 말이지?'

특정 키워드에 반응해 생각을 못하게 하는, 비밀을 지키기 위한 특별한 마법이 분명 세상에 존재했고 그 종류도 꽤나 다양하다 할 만큼 많이 있었다.

그중에서는 어쩌면 현우의 눈을 피해 걸 수 있는 저주가 있을지도 몰랐다.

'하지만 만약 내가 저주에 걸린 게 사실이라면…….'

그렇다면 문제가 꽤나 심각해진다.

저주에 걸린 이유나 걸어 놓은 녀석의 목적도 모르거니와 현우를 월등히 앞서는 마법 실력의 소유자가 현우를 직접적으로 노리고 있다는 의미였으니 말이다.

가장 먼저 떠오른 용의자는 어제 만난 7클래스 대마법사였지만, 가장 먼저 사라진 용의자도 마찬가지로 그였다.

그도 그럴 것이 이미 가진 마법 실력만으로도 현우를 압도하는 그가 이런 저주를 걸어서 귀찮은 일을 자처할 이유는 없었다. 뿐만 아니라 그는 분명 맹약에

묶인 상태였기에 어제 현우에게 위해를 끼칠 수 없는 존재였다.

'무엇보다 이런 애매한 조건의 제약을 걸어둘 이유도 없고 말이지.'

현우가 확실히 알고 있는 것 중에는 그 대마법사가 스스로 제약을 걸 만큼 자신을 열렬히 원하고 있다는 것도 있었다.

즉, 현우를 그토록 원하는 그라면 현우에게 위해를 끼칠 이유가 전혀 없다는 것이다.

'하지만 전자의 경우는 너무 확률이 낮아.'

세상에 마법을 모두 아는 것도, 이 세상에 7클래스 이상의 마법사가 더 있는지 없는지도 정확히 알 수 없었다. 하지만 어느 쪽이든 가능성은 지극히 낮았다.

그렇다면 무언가 다른 이유가 있는 것은 아닐까 생각하는 찰나, 현우가 번뜩 떠올린 것이 있었다.

그리고 머릿속에 무언가 정리되려 할 때쯤 급히 생각하기를 멈췄다.

만약… 정말 만약 지금 현우가 떠올린 게 사실이라면 이것 역시 어떤 방식으로든 잊어버리게 될 가능성이 높았으니 말이다.

'생각을 깊이 할 수 없다니, 어처구니없는 제약이군.'

사실 지금 떠올린 것도 검증된 것이 아닌 이상, 잊어버리게 될지 어떨지 알 수가 없었지만 조심해서 나쁠 것은 없었다.

'최소한 제약의 범위만이라도 알 수 있다면…….'

이때, 현우의 머릿속으로 또 한 번 기발한 생각이 스치고 지나갔다.

그것은 꽤나 위험한 도박이긴 했지만, 어찌 보면 가장 확실한 방법이기도 했다.

현우는 예의 평소 사용하던 그 공책을 꺼내들었고 그곳에 차분히, 자신의 머릿속에 떠오르는 모든 것들을 한 단어로 정의하여 나열해 나갔다.

마법사, 대마법사, 클래스, 서클, 엘프, 이종족…….

현재 상황에서 떠오르는 모든 것 중 평범하고 일상적인 단어는 모두 배제한 단어들이었기에, 대부분 마법과 관련한 단어들이었다.

또 잊어버린 기억이 김택용과 체육대회 날과 관련 있었음을 느꼈기에, 그때를 기준으로 의심 가는 모든 것들을 적었다.

처음에는 인물의 이름들도 적었지만, 이내 생각을 바꿔 사람의 이름은 빼버렸다.

그도 그럴 것이 **4클래스 마법사** 김택용의 이름과 얼굴은 여전히 생생히 기억나고 있었으니 말이다.

그러나 단 하나의 이름만은 나열에 있어 제외하지 않았다.

에리나반 델로니어스 아나피.

오늘 현우 앞에 등장한 엘프의 풀 네임.

현우는 그 이름 속 델로니어스와 아나피에 크게 체크 표시를 했다.

'이제부터… 이것들과 관련한 기억들을 전부 세세히 떠올려 본다.'

그것은 현우가 생각하기에 정말 위험한 도박이었다.

여전히 자신에게 걸린 제약의 정체도, 그 범위도 모르는 상황에서 자신의 몸으로 실험을 하는 것은 모든 것을 잊어버릴 수도 있는 큰 도박이었다.

하지만…….

'하는 수밖에 없어.'

이곳은 칼롯 코즈너의 세상이 아니었다.

이 세상의 현우는 살아있는 신적 존재 대언령사 칼롯 코즈너도 아니었으며, 마법과 관련한 문제에 대해 고민을 나누고 대화를 나누고, 조언을 구할 드래곤도, 절친한 엘프 장로도, 그 어느 누구도 없었다.

오롯이 지금의 위기는 현우 스스로 헤쳐 나가야 하는 상황이었다.

현우는 정말 최악의 경우 모든 것이 머릿속에서 사라지는 경우를 떠올렸다.

연구하고, 생각하고, 정리하며, 마법과 관련한 모든 생명체의 위에 군림하던 스스로가 사라지는 것을 떠올렸다.

으드득.

상상만으로도 몸서리쳐지는 그림이 떠올랐지만, 현우는 몸을 떠는 대신 이를 거칠게 마찰하는 것으로 의지를 다졌다.

지금 일순간의 공포에 휩싸여 당장의 기회를 놓치고 만다면 그 다음의 기약은 할 수 없었다.

아니, 어쩌면 자신이 지금 떠올리고 있는 이것들조차, 공포를 떨치고자 다시 마음먹었을 때쯤엔 없어져 있을지도 몰랐다.

후우우웁~ 후우우우우웁!

현우는 깊게 숨을 들이쉬고, 내쉬는 것을 반복했다. 마법의 기본이 되는 명상법의 기초 호흡이었다.

이 세상에서 몇 달, 다른 세상에서 수백 년간 해왔던 명상의 도입부에 이르자, 격동의 파랑에 흔들리던 마음이 차분히 가라앉는 것을 느낄 수 있었다.

그렇게… 마음속 불안과 걱정이 고요한 새벽녘 호수와도 같은 모습이 되었을 때, 현우는 공책에 쓰인 첫 번째 단어의 의미를 떠올려 갔다.

마법사.

세상의 기본이 되는 원소, 마나를 사용하는 특별한 존재. 흔히 당연하다 생각하는 자연의 인과 법칙을 비틀어 사용하는 존재를 일컫는 말. 그들이 다루는 세상의 기초 원소는 세상의 법칙에 영향을 끼치며, 그들 앞에선 사과가 위에서 아래로 떨어지는 것조차 부정당하고 물이 상류에서 하류로 흐르는 것마저 거짓으로 바뀔 수 있다.

대마법사.

그들 역시 보통의 마법사처럼 마나를 기반으로 세상의 법칙을 다룬다. 하지만 보통의 마법사 앞에 큰 '대' 자가 붙은 만큼 더욱 뛰어난 능력, 뛰어난 재능, 천재적인 두뇌를 가진 이로, 마법사보다 한 단계 더 앞선 존재이다. 그들이 지닌 진짜 능력은 마나로 세상을 복제하여 따라하는 것을 넘어 세상에 자신이 만든 법칙을 추가하는 지경에 이르며, 그러한 능력이 있는 그들은 이미 반신이나 다름없는 존재라고 할 수 있다.

클래스.

서클과 동일하게 생각하는 이들이 많지만 서클은 노력만으로도 일정 수준 높이는 게 가능한 반면, 클래스만은 절대적으로 재능이 겸비된 노력이 있어야만 높이는 게 가능하다는 점이 다르다. 클래스는 마법사가 가지는 마법적 수준을 분류하는 말이며, 서클과의 관계 특성상 3서클의 마법사가 4클래스의 마법을 사용하고, 4클래스 마법에 대한 이해를 가지고 있을 수 있다. 이와 비슷한 예가 마법사들이 최후의 수단으로 사용하는 희생마법들은 대부분 본인이 운용하는 서클보다 더 높은 고난이도의 마법인 경우가 많은 점을 들

수 있다.

서클.

클래스와 따로 떨어질 수 없는 필수불가결한 존재. 아무리 높은 클래스의 이해가 있다 하더라도 마법을 발동시켜주는 엔진 격인 서클이 존재하지 않으면 마법을 사용하는 것은 불가능하다. 물론 간혹 세상에 의식 마법이라는, 뇌의 파장 자체를 엔진화 하여 마법을 발동하는 경우가 종종 발생한다. 그러나 그런 불안전한 마법의 한계는 명확하다. 효율적으로, 안정적으로 연료를 공급하며 설계대로 방 전체를 덥히는 보일러와 마당 한가운데에서 중구난방으로 흔들리는 모닥불에는 분명 차이가 있는 법이니 말이다.

보통 마법사는 자신의 클래스와 동일한 서클을 갖게 마련이다. 하지만 서클은 마나의 저장기관과 같은 의미로 사용되기 때문에, 간혹 노력만으로 마나를 잔뜩 모아 더 높은 서클을 갖고 있는 경우가 종종 발생하곤 했다. 다만 이렇게 올라가는 게 가능한 서클은 상대적으로 많은 시간을 요구하고, 노력으로 올라가는 데 분명 한계가 있다. 탓에 보통은 자신의 실력만큼만 서클을 올리고, 서클에 마나를 늘리기보단 연구를 통해 서클 속 마나를 최대한 효율적으로 사용하는 법을 공부하게 마련이었다.

엘프.

그들의 대지모신 **뗄로니어스**의 창조물. 신이 직접 여러 번의 시행착오 끝에 창조한 존재인 만큼, 생명체 중 가장 완벽에 가까운 존재라고 할 수 있다.

세상의 많은 이야기 속에서 그들이 흔히 대지모신의 또 다른 작품인 드워프와 비교된다. 드워프는 장인의 손을 갖고 엘프는 마나와 정령을 다루는 특별한 힘을 지닌 것으로 묘사된다. 하지만 그들 대지모신의 최후의 창조물인 엘프란 존재는 그저 평화와 자연을 사랑한 탓에 인위적으로 무언가를 만드는 것을 그다지 좋아하지 않을 뿐, 그들의 섬세한 손놀림과 강인한 체력, 뛰어난 두뇌는 드워프와 비견될 만큼 뛰어난 물건을 만드는 게 가능했다.

'……이런 단편적인 정보로는 반응하지 않는 것인가?'

단어를 하나씩 풀어낼 때마다 반응이 없는 단어에 가위표를 치던 현우는 잠시 고민한 끝에 단어들에 최근 자신의 기억을 섞어내기 시작했다.

대마법사. 처음 그를 만났을 때만 해도 상대적으로 마법이 약한 이 세상에도 그런 존재가 있다는 것에 놀랐다. 특히나 어젯밤에는……

욱신!

"……어?"

아주 짧은 순간, 머릿속에 번뜩이며 나타났던 무언가는 조금 전의 고통과 함께 씻은 듯 사라졌다.

그렇게 현우는 또다시 무언가를 잊어버렸다.

정확히 그게 무엇인지는 모르겠으나, 현우는 어제 자신을 찾아온 대마법사의 이야기를 떠올리는 과정에서 무언가 자신이 잊어버린 게 있음을 직감했다.

어젯밤 고양이 앞의 쥐처럼 몸을 떨어야 했던 굴욕적인 자신의 모습을 되돌아보고 또 되돌아보며 그때 본 남자의 입 모양을 주시했다. 하지만 떠오르는 것은 그 순간 자신이 느끼던 공포와 떨림, 등줄기를 흐르던

식은땀과 불쾌한 땀의 감촉뿐. 그가 했던 말 중 기억 나는 것은 그가 자신이 속한 마탑에서 현우를 원한다 는 내용밖에는 없었다.

'이럴 수가… 이렇게 어처구니없게…….'

너무나 어이없이 무언가를 잊어버린 것에 대해 화 가 날 지경이었다. 하지만 마땅히 화를 낼 대상조차도 찾을 수도, 떠올릴 수도 없었다.

'이렇게 된 이상…….'

이렇게까지 되니 이제는 정말 멈출 수가 없었다.

지금 이 일을 해결하지 못한다면 앞으로도 이런 일 은 과거의 무언가를 떠올릴 때마다 계속될 일이었다. 현우는 그런 것을 용납할 수 없었다.

현우의 어두운 눈동자가 순간 맑은 에메랄드빛을 발하며 눈에 보이지 않는 무거운 기운을 조용히 흘려 보내기 시작했다.

*　　　　*　　　　*

현우로부터 흘러나온 기운이 교실을 잠식해갈 무렵. 교실 앞문으로 아나피와 이성희가 들어왔다.

이성희가 마치 자랑이라도 하듯 아나피를 교단 앞에 세우고 '짜잔'이라고 외치자 교실 안이 순식간에 술렁거림으로 가득 차버렸다.

몸에 딱 맞춘 듯한 교복을 입은 아나피의 아름다움은 이미 말로 표현할 수 있는 단계를 넘어서있었다.

그렇게 학생들의 반응에 부끄러운 듯 얼굴을 붉히던 아나피는 개인적으로 가장 먼저 교복 차림을 보여주고 싶었던 현우를 향해 고개를 돌렸다.

그 순간.

"——!"

아나피의 얼굴이 딱딱하게 굳었다.

'이… 이건… 아무도 느끼지 못하는 것인가?'

아나피는 고개를 푹 숙이고 뚫어져라 공책을 바라보고 있는 현우로부터 무시무시한 기운이 흘러나와 이 주변을 장악해나가고 있음을 똑똑히 느꼈다.

그 기운이 얼마나 소름끼치도록 선명한지, 그녀는 두려움에 도저히 현우를 똑바로 쳐다볼 수 없을 지경이었다.

하지만 보통 사람들은 이런 현우의 변화를 전혀 감지하지 못하는 건지, 그저 갑자기 표정이 바뀐 아나피의 얼굴만을 걱정스레 쳐다볼 뿐, 아무런 행동을 취하지 않았다.

'저, 저런⋯⋯!'

현우로부터 시선을 멀리 떨어뜨리고 있던 그녀는 고개를 돌렸음에도 서서히 그녀의 시야에 들어오기 시작하는 현우의 기운에 화들짝 놀라 고개를 들어 주변을 봤다.

"⋯⋯?"

"⋯⋯?"

누가 봐도 깜짝 놀란 것으로 보이는 아나피의 모습에 옆에 선 이성희도, 그녀를 바라보던 다른 학생들도 눈에 물음표를 띠었다. 하지만 지금 아나피가 느끼고 있는 공포는 그 누구도 공감할 수 없는 영역에 있는 것이었다.

그때, 아나피가 떨리는 목소리로 그들을 향해 물었다.

"다, 다들⋯ 괜⋯찮나요?"

거의 울 듯한 표정으로 간신히 말을 이어가는 아나피의 모습에 학생 모두가 여전히 이게 무슨 일이냐는 듯한 표정으로 그녀를 쳐다봤다. 그 와중에도 이성희만은 정신을 차리고 대꾸했다.

"왜 그래요, 아나피? 혹시 몸이 안 좋아지기라도 한 건가요?"

"그, 그보다 혹시 지금 괜찮은 건가요? 네? 성희 양……!"

"네, 네… 저는 보다시피 아무렇지도…. 그보다는 아나피 양이 어딘가 안 좋은 것 아닌가요……?"

도저히 이해할 수 없는 아나피의 행동에 당황한 성희가 어떻게든 아나피를 달래기 위해 고군분투 해봤지만, 이미 턱밑까지 차오른 현우의 기운을 코앞에서 보고 있는 그녀는 제정신이 아니었다.

스스슷–.

"으, 으으윽……!"

처음에는 어떻게든 버텨볼 생각으로 서있던 그녀였지만, 이렇게 코앞까지 다가온 소름끼치는 기운을 보자 후회할 수밖에 없었다.

처음 이걸 발견했을 때 바로 나갔더라면 피할 수 있었을 텐데, 괜한 객기를 부려서 이렇게 됐다는 생각밖엔 없었다. 그녀의 눈에 보이는 교실은 이미 현우가 뿌린 기운으로 가득 찬 상태, 더 이상 도망칠 곳도 피할 곳도 전혀 없었다.

질끈.

'나는 고귀한 엘프족의 하이엘프……! 비록 내 맡은 바 사명을 완수하지 못한 것은 아쉽지만, 내가 사라진다면 종족의 장로께서 나의 유해를 찾아 고향땅 안식의 나무에 흩뿌려 주시리라!'

다리를 타고 오르기 시작한 기운의 기묘한 감촉을 느끼며 눈을 질끈 감은 그녀는 고귀한 하이 엘프족의 대표자로서 이제 곧 닥칠 죽음을 기다리고 있었다.

기운은 순식간에 그녀의 몸을 잠식해나갔고.

이내… 어둠이 찾아왔다.

"흐읍……!"

꾸욱!

한 점 빛조차 들어오지 않는 그녀의 시야.

그 어둠 너머로 수많은 숨소리들이 들려왔다.

그것이 바로 어둠 속 깊은 곳, 마계의 밑바닥에 살면서 마계로 떨어진 타락한 영혼을 잡아먹는다는 마계의 마수의 숨소리이리라.

공포에 질린 그녀는 귀로 마수의 숨결을 느끼며 그들의 생김새를 떠올렸다.

그것도 꽤나 구체적으로, 선명히.

'이 숨소리는 분명 아크로시렉터…. 마계 최하층에 있는 뿔이 난 들개…….'

그러곤 의문을 가졌다.

'어? 마계? 그런 게 있던가?'

귀로만 들리던 마수의 숨소리에서 아크로시렉터를 떠올린 그녀의 머릿속으로 꽤나 구체적으로 다른 마수들의 모습들이 떠오르기 시작했다.

개중에는 마계의 귀족들, 마족들의 모습도 떠올랐다.

갑자기 머릿속을 메우는 정체불명의 기억에 당황한 그녀였지만, 그렇다고 죽음의 공포에 면역된 것은 아니었다.

지금 머릿속에 떠오른 것이 무엇이든 간에 당장에 자신은 죽은 목숨이 아니던가?

그녀는 여전히 감고 있던 눈에 힘을 더하며 죽음을 기다렸다.

그리고.

"……."

"……."

살짝.

그녀의 어둠을 만들어냈던, 질끈 감은 눈이 살포시 반개했다.

"……?"

"……?"

반개한 두 눈 사이로 의문의 빛이 떠올랐다.

그걸 보는 이성희의 눈에도 의문의 빛이 떠올랐다.

"어……?"

"저어기…. 괜찮은 거 맞죠…?"

어느새 세상의 빛을 되찾은 그녀의 시야로, 황당하 단 표정으로 그녀를 쳐다보는 많은 학생들이 보였다.

"음… 으흠… 음……."

교복을 입고 등장했을 때보다 더 새빨갛게 달아오 른 얼굴이 금방이라도 터질 것 같았지만, 그녀는 애써 태연한 척 삐걱거리는 걸음걸이로 자신의 자리를 찾 아 들어갔다.

바로 현우의 옆자리로 말이다.

털썩!

…….

그녀가 태연을 가장하며 자리에 앉자, 그런 그녀의

행동을 지켜보던 교실의 모두는 지금까지 본 것에 대해 함구하기로 암묵적으로 동의를 한 듯, 다시 각자 책상 위에 놓인 책에 집중하기 시작했다.

아무것도 안 놓인 책상을 뚫어져라 바라보는 새빨간 얼굴의 엘프를 뒤로하고 말이다.

*   *   *

고오오오오……

사방이 막힌 조그만 방 안.

그 비좁은 공간에 한 사람이 가부좌를 틀고 앉아 있었다.

삐빅- 삐빅-.

후우욱, 후우우욱.

정체불명의 기계음과 깊게 숨을 쉬는 소리만 가득한 그곳에는 농도 짙은 마나가 가득한 탓에, 평범한 사람조차 이질감을 느끼고 숨을 쉴 수 없을 지경이었다.

그런데도 가부좌를 튼 남자는 그곳에서 아무렇지도 않게 크게 숨을 쉬고 있었으니, 그것만으로도 그가 마나를 다루는 실력이 뛰어나고 마나와 매우 친숙하다는 것을 알 수 있었다.

그리고 잠시 뒤.

후우우우우웁!

슈루루루루루루르르르륵!

잠시 숨쉬기를 멈췄던 그가 가슴이 **빵빵**해질 만큼 크게 숨을 들이켜기 시작하자, 작은 방 안에 가득하던 짙은 마나들이 수챗구멍에 빨려들어가는 것처럼 그의 몸으로 모여들기 시작했다.

"후…… 우우우우우우웁!"

단 한 방울의 마나조차 남기지 않겠다는 듯 끝도 없이 이어지던 그의 숨 들이켜기는, 정말로 대기 중에 단 한 점의 마나조차 남지 않게 돼서야 끝이 났다.

"후후, 이 충만감. 정말 마음에 드는군."

마치 포식을 한 사람처럼 가슴 어림을 쓰다듬는 그의 표정엔 진심으로 즐거운 기색이 역력했다.

그때 마치 이 순간을 기다렸다는 듯 아무것도 없는 것처럼 보이던 방의 벽이 위쪽으로 올라가며 사람이 들어왔다.

"부탑주님! 여기, 이번에 확인된 변화점에 대한 총

정리본입니다."

그의 손에는 꽤나 두꺼워 보이는 서류철이 들려 있었다. 부탑주라 불린 남자가 그를 향해 고개를 끄덕여 보이고는 서류철을 받아 들고 첫 장을 넘겼을 때였다.

"호오, 엘프들인가? 과연 갑자기 마나양이 상승했더라니……."

그렇게 중얼거리는 그의 가슴팍에서 기묘한 울림이 일기 시작하더니, 이내 그의 심장을 둘러싼 일곱 개의 고리가 공명하며 내는 울음소리가 작은 방을 가득 메웠다.

"이건…! 7클래스 마스터가 되셨군요! 부탑주 님!"

"축하드립니다!"

어느새 나타난 것인지, 수행원인 듯한 남자까지 나타나 깊게 고개를 숙이며 그들의 부탑주에게 축하의 말을 건넸다.

"에이, 뭘 그렇게 축하할 것까지야…. 어차피 시간이 지나면 자연스레 될 것이었는데."

평소 있는 듯 없는 듯 말이 없던 남자의 수행원까지 적극적으로 축하의 인사를 건네자, 부담스럽다는 듯 손을 내저은 부탑주였다. 하지만 사실 7클래스 마스터가 되었다는 것은 겨우 이만한 인사로 끝내기엔 너무도 대단한 업적이었다.

만약 이곳이 칼롯 코즈너의 세상이었다면, 왕국이었다면 국왕 혹은 제국이었다면 황제가 버선발로 뛰어나와 그에게 축하 인사를 했어도 됐을 만한 그런 엄청난 일이었다. 그만큼이나 7클래스 유저와 7클래스 마스터 간의 차이가 대단하다는 의미이기도 했다.

7클래스의 유저는 말 그대로 7클래스의 마법을 간신히 운용할 수 있을 정도의 마나를 가지고 있는 사람으로, 그 사람의 마법적 지식이 어떻든 간에 사용할 수 있는 마법의 개수에 제한이 있었다.

하지만 그에 반해 7클래스 마스터란 존재는 7클래스 마법을 난사한다고까진 못하지만, 그에 준할 만큼 마음껏 마법을 쓸 수 있을 정도로 큰 차이를 가졌다.

물론 본래 7클래스 유저였던 부탑주였기에, 마나만 충분히 모은다면 7클래스 마스터는 자연스럽게 따라오는 것이긴 했다. 하지만 클래스 마스터 급의 마나란 정말 막대한 양이어서, 만약 그가 평소의 명상법으로 마나를 모으려 했다면 10년간은 마나 수련만 해야 했을 것이다.

그런데 그런 10년의 시간을 뛰어넘어 단숨에 마스터가 되었으니, 이는 축하받아야 마땅한 일이었다.

'그나저나… 내가 이 정도로 마나가 늘었다면… 그 녀석은 대체 얼마나 강해졌을까?'

서류철의 내용을 훑어가던 부탑주의 눈이 종이의 빈 공간을 응시하며 한 사람의 얼굴을 떠올렸다.

그가 전력을 다해도 도저히 털끝 하나 건드릴 수 없던 한 사람.

이 세상이 이렇게 되기 이전. 그들 모두가 희망고문에 지쳐 모든 것을 포기해 갈 때, 그때 이미 7클래스에 올라있던 진정한 괴물 중의 괴물.

만약 그가 없었더라면 지금의 그도 없었을 테고, 이런 무지막지한 계획도 실행할 수 없었을 터였다.

'가장 최근에 봤을 때 8클래스에 올라선 걸 확인했으니… 지금은 9클래스에 등극했다고 해도 못 믿을 건 아니군.'

9클래스.

인간이 오를 수 있는 마법의 절대 경지.

역사상 그 누구도 밟아 본 적 없이 그저 이론적으로 존재한다고만 전해진 절대의 경지에 올랐다는 말을 서슴없이 할 수 있을 만큼 부탑주가 기억하고 있는 탑주는 정말 인간 같지 않은 마법사였다.

그렇게 딴생각을 하며 서류를 뚫어져라 쳐다보던 부탑주의 눈에 무언가 눈에 들어왔다.

"응? 이건……?"

"아, 교류 엘프 말씀이시군요. 아무래도 이 세상엔 지금 엘프 말곤 다른 이종족이 없다 보니 엘프들이 선택한 인간과 공존하는 방법인 듯합니다."

"아니, 그런 것보다도… 지금 있는 곳이 학교라고?"

"예, 그렇습니다. 교류 엘프로서는 특이하게 정해진 일정과 다른 스케줄이긴 하지만… 그닥 문제 될 건 없는 내용인 듯싶습니다. 그런데 혹시 뭔가 이상한 점이라도……?"

서류철에 적힌 이번 대 교류 엘프의 신상 정보와 현재 위치 등이 상세히 나열되어 있는 부분에서 손을 멈춘 부탑주를 보며, 서류철을 건넸던 남자가 걱정스러운 어투로 물었다.

"크크. 아니, 아닐세. 문제없어."

하지만 그런 남자의 우려와는 달리 부탑주는 입을

벌려 웃어 보이곤 적당히 서류철을 바닥에 내팽개친 뒤 남자를 향해 물었다.

"그래, 이번에 기억 혼선을 일으키는 인원은 얼마나 되지?"

"아, 그렇지 않아도 보고 드리려던 참인데… 이번에는 다행히 한 명의 인원도 혼선을 보이지 않았습니다."

"호오, 그래?"

흥미롭다는 듯, 턱을 쓰다듬으며 되묻는 부탑주에게 남자가 고개를 크게 주억거리며 대답했다.

"예, 그렇지 않아도 이종족 같은 커다란 개념이 새로 등장했는데도 다들 묘하게 안정적이기에 무슨 일인가 부탑주께 여쭤볼 생각이었는데…. 아마도 이번에 엘프가 이쪽 세상에 넘어오면서 그 영향으로 부탑주님이 7클래스 마스터가 된 게, 정신보호 장치에 영향을 미친 것 같습니다."

"후후, 내 생각과 같군그래. 분명 이곳을 보호하는 장치는 탑주와 나의 정신력을 바탕으로 기억 조작에 대항하는 형태니까 말이야."

"네, 그렇습니다. 그리고 마탑의 소속 인원 모두가

마법 실력이 상승했는데…….”

“아아, 그래. 그 부분에 대해선 따로 설명할 필요 없네. 내가 직접 체험해 봤으니… 보나 마나 저 교류 엘프란 것 때문일 테지?”

대충 서류철을 훑어본 게 분명한데도 핵심을 완벽하게 짚어낸 부탑주의 말에, 눈을 동그랗게 떴던 남자는 이내 자신이 누구 앞에 있는지를 깨닫고 말을 이었다.

“네, 교류 엘프가 역사 속에 투입되면서, 기존에 마법사들의 독학만으로 마법이 연구되고 발전해 왔다는 역사가 엘프의 가르침이 있었다는 형태로 바뀌었습니다. 그러면서 조금 더 정형화되고 수준 높은 마법들이 세상에 추가됐습니다. 그 인과로 인해 전 세계의 모든 마법사들이 조금씩 능력이 성장한 듯싶습니다.”

“흐음… 전원이 성장했다라…. 그럼 꽤 성가신 경우가 생길지도 모르겠는데?”

이전 세상에 고위 마법사가 드물다곤 했지만 아예 없지는 않았다.

물론 7클래스 이상의 마법 실력을 가진 경우는 그가 속한 마탑 외에는 없는 것으로 밝혀지긴 했지만,

이번 일을 통해 이전의 고위 마법사들이 한 단계씩 성장했다면 새로운 7클래스급 마법사가 나타났을지도 모르는 일이었다.

그때, 부탑주에게 보고를 하던 남자가 걱정 말라는 듯, 자신 있게 말했다.

"아, 그분에 관해서는 크게 걱정하실 필요가 없을 듯합니다."

"그건 무슨 말이지?"

"현재 조사결과 이번 일을 통해 클래스가 상승한 인원은 전원 5클래스 미만의 마법사들로, 저희 마탑 내에서도 현재까지 6클래스에 오른 마법사가 없습니다. 즉, 진짜로 특별한 깨달음을 요하는 단계는 이 세상의 '시스템'이 자체적으로 방어하고 있는 듯싶습니다."

"흐음… 확실히……."

남자의 보고를 들으며 그의 가슴 어림을 훑어본 부탑주는 그의 가슴에서 선명하게 빛나는 6개의 고리를 확인하고 고개를 주억거렸다.

지금 그에게 보고를 하고 있는 남자가 6클래스에 오른 지는 이미 몇 년이나 지나 완숙에 오른 상태. 만약 이번 엘프 등장의 파장이 모든 마법사가 한 단계 경지가 높아지는 수준의 일이었다면, 그가 여전히 6클래스일 이유가 없었다.

"만약 정말 한 단계씩 상승하는 거였다면 일이 바빠졌겠지만… 그래도 자네로선 아쉬운 일이겠구만."

"크흠, 저야 뭐……."

같은 마법사로서 7클래스를 갈망하는 남자의 마음은 잘 알고 있는 바, 부탑주는 내색하려 하지 않지만 아쉬움이 묻어나는 그의 표정을 보고 말했다.

"뭐, 세상의 운이란 게 그런 걸 어쩌겠나? 자네도 6클래스의 끝자락이니, 시간이 지나면 결국 7클래스에 오를 테지."

"……그렇습니다."

아픈 곳을 자극하는 부탑주의 말에 남자의 안색이 조금 어두워졌다.

"그러니 오늘 한번 올라볼 텐가?"

"예?

뜬금없는 부탑주의 말에 그게 무슨 소리냐는 듯 반문하던 그는, 자신의 행동이 무례함을 깨닫고 아차하며 고개를 깊게 숙였다.

그때, 그의 숙여진 머리통 위로 말소리가 들려왔다.

"음… 정확히 말하자면 오늘 오른다는 건 거짓말이긴 한데… 운이 좋으면 될지도 모르고…. 어쨌거나 우리 마탑에도 슬슬 새로운 7클래스 마법사가 필요하다고 생각하던 참이었거든. 그러니 일단 오늘 일이 끝나거든 내 사무실로 오게나."

"그, 그런……!"

그제야 부탑주의 의도를 파악한 남자가 격동에 찬 눈빛으로 부탑주를 올려다봤다.

그러자 그런 눈빛이 부담스러운 듯, 부탑주가 손을 내저으며 말했다.

"크흠, 거 눈빛이 너무 부담스럽구만. 그냥 내가 평소에 하던 인재 육성 사업의 연장선이라고 생각하고 와. 너무 기대하면 부담스러워."

"감사합니다!"

여전히 격정적인 눈빛을 하고 있는 남자를 손을 흔들어 물린 부탑주는, 누가 봐도 경쾌한 발걸음으로 방을 빠져나가는 남자와 그의 수행원의 뒷모습을 보면서 중얼거렸다.

"흐음, 그 녀석도 좀 키워보고 싶은데…. 어릴 때

시작해야지, 너무 오래 버티면 재미없을 건데…….”

그렇게 말하는 그가 떠올리는 사람은 바로 어젯밤 그가 직접 꼬시고자 찾아갔던 현우였다.

'그만한 인재를 썩히기는 아까우니까 말이야.'

몇 번을 생각해봤지만 그에게 있어 현우는 정말이지 탐나는 인재가 아닐 수 없었다.

바로 어제, 현우가 개량한 마법진을 현재 설치해둔 것에 대충 끼워 맞춰 적용 시켰을 뿐인데도 엘프가 튀어나오지 않았던가?

그가 이 소환마법을 성공시키기 위해 얼마나 노력했던가?

그동안 수많은 실패가 있었고 그에 버금가는 수많은 성공이 있었지만, 대다수가 쓸모없는 것들이 소환됐을 뿐이었다. 오늘처럼 인류의 역사와 전 세계의 마법사 모두에게 영향을 끼치는 큰 '개념'이 소환된 것은 마탑주가 직접 주관한 최초의 소환 이후 처음 있는 일이었다.

'그런 엄청난 마법진 개량법이 아직 마법을 정식으로 배우지도 않은 녀석의 머리에서 튀어나왔단 말이지…….'

어쩌면 녀석은 탑주에 버금가는 천재인지도 모른다, 라고 그는 생각했다. 그리고 현우가 정식으로 마법을 배웠을 때 생길 파장을 떠올렸다.

"후후후… 그것 참 군침 도는걸?"

물론 그가 생각하는 군침 도는 상황이 되기까지는 꽤 오랜 시간이 걸릴 터였지만. 7클래스, 탈인간의 경지가 열릴 때까지 무던히도 마법에 매진하며 기다려온 그에게 기다림이란 일상과도 같은 것이었다.

하지만 그토록 기다림에 이골이 난 그조차도 지금 당장에라도 현우를 납치해다가 마법을 가르치고 싶은 마음이 불쑥 불쑥 튀어나왔다.

그에게 있어 현우는 평정심 유지가 힘들 만큼 탐이 나는 인재였던 것이다.

"그래… 조금만… 조금만 더 기다려줄 테니까……."

이미 자신과 현우 간에 걸린 약속을 어기지 않고 마탑에 데리고 올 많은 방법을 연구해둔 그는 그렇게 중얼거렸다.

지이잉―.

그때, 시간 타이머가 설정되어 있던 문이 천천히 닫

히기 시작했다.

7클래스 마스터에 이른 지금, 그에게 단순한 수련은 사실 큰 의미가 없었다. 하지만 지금 이 순간만큼은 아니었다. 급작스레 얻은 힘이니 만큼 그는 완벽히 힘에 적응할 때까지 시간과 훈련이 필요했다.

치익- 덜컹!

마침내 방을 외부와 연결시켜주던 문이 완전히 닫히고, 작은방은 완벽히 밀폐된 공간이 되었다.

부탑주는 이에 흡족해하며 눈을 반개했다.

그리고 중얼거렸다.

"후후… 나를 너무 오래 기다리게 하진 말게나, 현우 군."

고오오오오-.

후우우우우……

작은 방이 그의 부풀은 마음처럼 마나로 가득 차올랐다.

*　　　*　　　*

"음… 이건… 왜 그랬지?"

마법과 관련한 국가 위협으로부터 나라를 지키는 제2 국정원의 차장, 장호민은 지금 자신의 책상위에 올라와 있는 서류 한 장을 보며 고민에 휩싸였다.

"흐음… 김현우라……."

최근 인터넷을 떠들썩하게 했던 한 학생의 이름이었다. 그리고 지금 그의 책상 위에 놓인 서류 내용의 주인공이기도 했다.

"분명 수상하긴 하지만……."

왜인지 모르겠지만 어제는 이 학생의 신상 정보를 확인하고 꽤나 흥분해있었다. 갑작스레 마법을 사용한 학생부터, 수수께끼의 아버지까지.

궁금한 것투성인지라 오늘 출근하면 조금 더 상세히 알아보고 본인을 직접 찾아갈 생각이었다. 하지만 어째선지 막상 오늘 아침이 되고 보니 별로 그런 생각이 들지 않았다.

아니, 김현우라는 학생에 대한 흥미 자체가 떨어졌달까?

어젯밤에는 분명 의식 마법을 하는 게 꽤나 신기한… 그런 기분이었다. 그런데 이제 와 생각해보니 그건 그저 드문 현상일 뿐, 김현우란 학생이 위기 상황에서 의식마법을 발동한 건 그리 특이한 일은 아니었던 것이다.

거기에 그의 아버지와 관련한 내용은 분명 수상하긴 하지만⋯ 마법이 개입되어 있다는 증거가 없으면 관련 사건은 모두 기존의 제1 국정원이나 경찰 쪽으로 넘기는 게 제2 국정원의 원칙이었다.

물론 이런 일을 제2 국정원에서 맡아 조사한다고 큰 문제가 생기는 것은 아니었지만, 세계 각지에 만연하는 마법과 관련한 테러 같은 범죄에 대응하는 그들에겐 그런 사건보다 더 중요한 일들이 수두룩했다.

그러니 굳이 전담하는 인력을 두고 그들이 나서서 일을 처리할 이유가 없는 것이다.

"흐음⋯ 일단 이건 제1 국정원 쪽으로 넘길까?"

그렇게 말하며 쥐고 있던 서류를 한쪽으로 밀어놓은 그는 현우의 프로필 중 의식 마법으로 발동한 마법이 3클래스의 보조계열 마법으로 추정된다는 내용을 보고 잠시 손을 멈췄다.

물론 그가 가진 상식대로라면 3클래스의 마법을 의식마법으로 펼친다는 것은 불가능했기에, 잘못된 추정이리라 생각하고 있었다.

언령의
주인

하지만 보조마법 쪽은 다르다.

단순히 자연체를 구현해 직선 방향으로 쏘아내는 수준에 그치는 공격마법에 비해, 육체에 직접 적용하는 보조마법들은 마법뿐 아니라 인체 구조에 대한 해박한 기반 지식과 복잡한 사람의 몸에 섬세하게 마나를 주입할 수 있는 능력을 필요로 한다. 그런 만큼 마법 자체가 공격마법에 비해 훨씬 수준이 높았다.

그런데 그런 보조마법을 비록 감각에 의존한 의식마법이라곤 하지만 찰나지간에 사용할 수 있었다는 건 상당한 재능이 있다는 말과 일맥상통했다.

'아니, 어쩌면 그보다 더 한 재능일지도 모르지.'

제2 국정원에 채용된 이래 수십 년간 마법과 관련하여 많은 정보를 섭렵해온 장호민 차장으로서도 분명 보조마법의 의식 발현은 처음 보는 사례였다.

'한번 스카우트 해볼까?'

의식 마법이 발동한 이상 마나를 느끼는 것은 당연할 테니, 마법사가 되기 위한 최소한의 요건은 이미 충족된 상태였다. 즉, 이젠 노력만 한다면 일정 수준까지는 보장된 마법사란 말이나 다름없다는 의미이기도 했다.

'미리 데려다가 육성을 하는 것도… 나쁘지 않긴 하지.'

최근에 벌인 활약은 차치하고 그보다 오래된 그간의 기록을 기반으로 보면, 만약 이대로 그냥 둔다면 사회 부적응자가 되어버릴 확률이 높았다. 만약 그렇다면 차라리 미리 데려다가 마법을 가르치고 국정원 요원을 키우는 것도 나쁘지 않을 것 같았다.

"흐음… 그리고 보면 우리 쪽도 세대교체가 필요한 시기가 되긴 했지……."

사실 마법 실력이란 것은 배워온 시간이 절대적 척도가 되는 경우가 많은 만큼, 제2 국정원 요원이 되기 위한 최소 요건인 3클래스의 마법사들은 대부분 30대 이상의 나이를 가진 경우가 많았다. 물론 30대라고 해서 제1 국정원의 주 전력인 20대 요원들에 비해 뒤처진다는 것은 아니었다. 아니, 마법을 사용할 줄 아는 이상 그들 몇 명분의 일을 혼자서 해결하는 만큼 오히려 압도한다고 말할 수 있었다.

그러나 문제는…….

"요원으로서 수명이 짧다는 것이지."

아무리 육체 단련을 한다고 한들, 육체 자체가 노화

되어 신체 능력이 떨어지는 것은 막을 수가 없었다.

제2 국정원에서 30대 초반이면 굉장히 젊은 축에 속하는 만큼, 현재 대부분의 요원은 30대 중후반에서 40대 초반까지 분포해 있었다. 그러므로 앞으로 약 5년 정도면 대부분이 현역 요원에서는 배제될 확률이 높았다.

물론 제2 국정원도 꾸준히 신입 요원을 뽑고는 있었다. 하지만 3클래스의 마법사란 건 말이 필요 없는 고급 인력이니 만큼, 국정원같이 힘든 곳보다 더 좋은 조건의 직장으로 가는 경우가 훨씬 많았다.

뿐만 아니라 국정원에서 사람을 뽑을 때는 단순히 그 사람의 능력만을 보고 뽑는 게 아니었다. 그 사람의 혈통은 물론 직계 가족의 범죄 기록까지 샅샅이 훑어보고 국가에 해가 되지 않으리란 확신이 있어야지 채용하는 까다로운 조건 덕분에, 제2 국정원은 해가 갈수록 인원이 줄어드는 중이었다.

'하기야… 나 때야 애국심 하나로 여기에 들어오긴 했지만… 요즘 같은 때 누가 박봉의 공무원이 되고 싶어 하겠어?'

물론 최저 3클래스의 마법사인 제2 국정원 요원들

이 말처럼 박봉인 것은 아니었지만, 해가 갈수록 줄어
드는 인원에 비해 날이 갈수록 늘어 가는 게 마법 관
련 문제였기에 제2 국정원의 모두는 과중한 업무에
시달리고 있었으니 하는 일에 비해 받는 돈이 적게 느
껴질 수밖에 없었다.

'남자 나이 30이면 한창 가정을 꾸릴 정도의 시기
인데… 확실히 어려운 일이겠지.'

사실 국정원 요원이란 게 공무원이긴 하지만 철밥
통이라 부르기엔 요원으로서의 기간이 그리 길지 않
았다. 때문에 안정적인 직장을 원하는 30대의 남성에
게 있어서 자연히 꺼려질 수밖엔 없었다.

거기에 명예도 못 얻지 않는가?

어느 정도 나이가 찬 남자에게 있어 대외적으로 보
여줄 수 있는 명예란 당장에 주머니에 들어오는 돈보
다도 중요한 법.

하지만 국정원 요원들에겐 자랑할 수 있는 훈장이
없었다.

물론 국정원에서 일하는 이상, 그들에게는 명예를
얻을 더 많은 기회가 주어지긴 했다. 하지만 애당초
요원들은 자신의 신분에 대해 가족에게조차 알릴 수

없었다. 즉, 그들이 얻게 되는 명예와 훈장은 오직 자신들끼리만 알아주고 보여주는 것에 그치게 된다는 것이었다.

이러한 명예는 남자들이 흔히 꿈꾸게 되는 명예와는 거리가 있는 만큼, 이 역시도 국정원을 기피하는 이유 중 하나였다.

이렇게 다른 일들에 비해 얻는 것 없이 내줘야 하는 게 많은 국정원 요원이란 자리는 사실상 충성심 하나만으로 움직이는 애국지사를 위한 자리나 다름없었다.

"흐음… 조건은 최적이긴 한데……."

조금 더 조사를 해봐야만 하겠지만, 현재까지 밝혀진 대로라면 사실 현우의 조건은 최상이라고 할 수 있었다.

마법적 재능이야 말할 것도 없고, 프로필 상에 나와 있는 내용대로라면 사실상 현재의 현우에겐 가족이라고 할 만한 게 없었다.

즉, 가족과 관련한 부담이 덜하다는 것이었다.

임무 중 사망하게 되면 이름이 아닌 하나의 별로 남게 되는 국정원 직원에게 절친한 가족이 없다는 것은… 슬픈 말이지만 강점이 되는 부분이었다.

'재능도 충분하고 가족 사항도 괜찮은 편이고… 물론 친부모 쪽에 문제가 좀 있긴 하지만 이 정도야, 뭐…….'

세상에 사연 없는 사람이 어디 있겠는가? 솔직히 말해 현우의 프로필은 꽤 걸리는 바가 있지만… 그렇다고 포기하기엔 현우가 가진 탁월한 재능이 아까웠다.

그래서 그는 지금 억지를 부리는 것이다.

누가 뭐래도 국정원은 국가의 안보를 책임지는 단체, 수상한 신상으로는 절대 발을 들일 수 없는 곳이었다.

하지만 장호민 차장은 인간이 배움을 통해 변화가 가능하다 철썩같이 믿는 사람이었다.

그에겐 아무리 비뚤어진 인간이라도 훈련과 교육을 통해 충성심 높은 국정원 요원으로 바꿔 놓을 자신이 있었다.

즉, 가족에게 어떤 문제가 있더라도 가족보다 국가를 중요시하는 인간으로 현우를 바꿔놓을 자신이 있다는 것이었다.

"흐음… 흐으으음……."

그가 연신 턱을 쓰다듬으며 고민을 하고 있을 때였다.

똑똑─.

"장 차장님!"

"……들어오게."

급하게 문을 두드리는 소리에 무언가 사달이 났음을 직감한 장호민 차장은 저도 모르게 책상 한 켠에 치워뒀던 현우의 프로필이 적힌 종이를 자신의 품 안에 넣어버렸다.

벌컥!

"차장님! 이번에 저희가 맡았던 일이……!"

문을 열고 들어오자마자 다급한 목소리로 외치는 요원의 모습에 안색을 굳힌 장호민 차장은 이어지는 말에 싸늘한 얼굴이 되었다.

"전부…! 전부 함정이었습니다!"

"조금… 조금 더 자세히 말해보게."

"……저희 쪽에서 습득한 정보부터가 상대가 일부러 흘린 내용이었습니다. 작전 지역에 투입된 요원들의 최후 통신에는 포위되었다는 말이 전부였습니다."

으드득─.

"이번에… 새로 새길… 별은……?"

"네 개…입니다."

쾅!

분노를 이기지 못한 장호민 차장의 양손이 책상을 때렸다.

앞에 서 있던 요원은 그런 장호민 차장의 모습에 흠 칫 놀라긴 했지만, 이내 그의 마음에 공감했다.

그들은 또다시 귀중한 네 명의 요원을 잃은 것이다.

휘하 인력을 아끼는 장호민 차장으로선 이렇게 허 망하게 귀중한 인력을 잃었다는 게 화가 날 수밖에 없 으리라.

"…알겠네. 관련 내용이 추가되는 대로 보고하고… 이만 나가 보게."

"……네."

부들부들 떨리기 시작한 장호민 차장의 목소리에 고개를 떨어뜨린 요원은 이내 눈을 질끈 감고 문을 나 갔다.

털썩-.

"후우……."

쓰러지듯, 의자에 몸을 기댄 장호민 차장은 안타깝

게 죽어갔을 요원들의 모습을 상상하며 가슴을 움켜쥐었다.

그때, 그의 손에 만져지는 것이 있었다.

우직-.

움찔!

"……이건."

그건 조금 전 자신도 모르게 반사적으로 품에 챙긴, 현우의 프로필 종이였다.

종위의 우측 상단에 박힌 음침한 현우의 얼굴이 어쩐지 그를 쏘아보는 듯했다.

"……그래 확실히 인력 보충이 필요하겠어."

장호민 차장은 구겨진 종이를 깨끗하게 펴서 중요한 것들을 정리해두는 서랍에 정리해 두었다.

오늘은… 새로 생겨난 네 개의 별을 애도하기에도 바쁘기에 어쩔 수 없지만, 그는 조만간 현우를 만날 수 있으리라.

조만간 말이다.

3
마법의 기원

오늘 하루 종일, 현우와 아나피는 멍한 상태였다.

아나피는 옆에 앉은 현우의 기운에 바짝 졸아있는 탓이었고, 현우는 이번에 알게 된 충격적인 사실에 황당해 하는 중이었기 때문이다.

'설마 엘프가 이 세상에 새롭게 생겨난 존재였다니……'

오늘 일을 통해 현우가 알아낸 것, 그것은 바로 그의 옆에 앉은 엘프가 바로 어제, 이 세상에 새롭게 태어난 존재라는 것이었다.

'이게 정녕 말이 되는 것인가?'

너무도 터무니없는 진실에 스스로의 생각마저 의심하기 시작한 현우였지만… 이내 고개를 끄덕일 수밖에 없었다.

누가 뭐래도 그가 오늘 상대한 것은 '세상의 법칙'이었으니 말이다.

*   *   *

고오오오오-.

아나피가 새빨간 얼굴로 현우 옆자리에 앉던 그 시각, 현우는 계속해서 자신의 머리를 향해 쏘아져오는 정체불명의 무언가와 필사적으로 전투를 벌이는 중이었다.

'이건… 마법이 아니야. 마나가 가미되긴 했지만 마법과는 근본이 다른 힘이다……!'

애당초 자신이 당한 것이 누군가의 저주 마법 같은 것이리라 생각하고 있던 현우였기에 바로 파악하지 못했다. 그러나 지금 현우와 싸우고 있는 그것은, 이미 그가 이전 세상에서부터 질리도록 다루어 왔던 세상의 '법칙'이었다.

마탑의 실험에 의해 이 세상에 나타난 엘프족은 세상의 인과에 큰 영향을 미칠 수밖에 없는 거대한 개념이었다.

만약 이 세상에 나타난 게 엘프가 아니라 어딘가 다른 세상의 돌멩이나 나무 한그루 같은 것이었다면, 세상엔 아무런 영향이 없었을 것이다.

그러한 것들이 이 세상에 넘어온다면 이 세상을 보호하는 법칙은 그들을 세상에 새로운 존재로서 편입시키는 게 아니라, 그냥 기존에 있던 어떠한 종의 돌연변이 정도로 바꿔버렸을 것이다.

그러나 엘프는 달랐다.

다른 세상의 신이 만들어낸 완벽한 창조물 엘프, 엘프가 가지는 의미란 결코 작지 않았기에, 사라지게 하는 것은 불가능한 일이었다. 결국 세상을 관리하는 시스템은 그 커다란 개념을 수용시키기 위해 기존의 세상에 손을 대고야 말았다.

그 결과 이 세계에 편입되어버린 엘프는 이곳 세상의 법칙에 의해 '원래부터 있던' 존재로 인식되었고, 기존 역사에 편입되어 역사책의 내용이 모두 바뀌게 되었다. 또한 그 인과로 인해 기존의 스스로 공부하여 마법을 발전시킨 역사가 엘프들로부터 전수 받은 마법으로 바뀌었고 최종적으로 현대의 마법이 한 단계 수준이 높아지게 된 것으로 설정되었던 것이다.

그런데 엘프의 등장으로 생겨난 오류를 모두 다잡았다고 생각했던 시스템도 생각지 못한 게 있었다.

바로 현우의 존재였다. 현우가 가진 마나 지배력은 여전히 5클래스 수준에 불과했지만, 현우가 가지고 있는 높은 정신 방벽은 이 세계에서 인간으로 격하되었음에도 불구하고 법칙의 '강제 수정'을 무시할 만큼 강대했다.

그리하여 기존의 기억을 유지하고 있는 현우를 발견한 시스템은 현우의 높은 정신력 탓에 보통의 사람들처럼 전체를 뒤바꾸는 건 불가능하다 판단했다. 그래서 세계의 법칙은 현우가 오류가 될 만한 키워드를 떠올릴 때마다 그 키워드만을 집중적으로 지워내는 방식을 택한 것이었다.

하지만 결과적으로 그건 실수였다.

우선 매번 키워드 단어가 지워질 때마다 느껴지는 고통과 이질감에 현우가 이상함을 눈치채기도 했거니와, 여태 이 세계로 넘어온 많은 것들과 달리 '다른 방식'으로 이 세상에 존재하고 있는 현우의 진정한 정체를 알지 못했기 때문이다.

대언령사 칼롯 코즈너.

인간으로선 불가능하다고 일컬어진 9클래스에 등극한 유일무이한 인간이었다.

비록 지금의 현우에겐 그때와 같은 힘이 없다고 하지만 가진 지식은 대해와 같고, 잠들어 있는 위엄은 태산과도 같았다.

그런 와중에 현우를 자극하여 잠들어 있던 칼롯 코즈너의 힘 일부가 깨어난 참이었으니, 시스템으로선 이를 막을 방법이 없었다.

세상을 유지하고 보수하는 이 시스템은 오류에 철저히 반응하긴 했다. 하지만 그건 어디까지나 일반인을 대상으로 할 뿐, 세상의 법칙과 인식 자체를 조종할 수 있는 대마법사들에게까지 그러는 것은 아니었다.

7클래스급 이상이 다루게 되는 법칙을 만드는 힘이라면 애당초 유지 보수 시스템보다 상위에 있었기 때문이다.

'음… 무엇인지는 모르겠지만… 지친 건가?'

시스템이 지칠 이유야 없는 만큼, 사실 현우로부터 뿜어져 나오는 삼엄한 절대자의 기세에 그를 공격하던 시스템이 현우가 수정 대상이 아님을 인정한 탓이었다. 하지만 이러한 사실을 현재의 현우는 알 수가 없었다.

누가 뭐래도 세상의 법칙과 관련한 힘은 7클래스 이상의 마법사에게만 허락된 힘. 잠시 칼롯 코즈너의 위엄을 빌어다 쓴다곤 하지만 현재의 현우가 자신 주변을 맴도는 수정 시스템을 포착하는 건 어려웠다.

어쨌거나 처음에 비해 확연히 느려진 정체불명의 공세에 고개를 갸웃거리던 현우는 기회가 왔다는 생각에 본능적으로 잠재되어 있던 칼롯 코즈너를 조금 더 드러내었다.

기세가 올랐을 때 확실하게 처리하기 위함이었다.

우우우웅―.

현우가 원하자, 몸은 절로 따랐다. 현우의 눈이 조금 더 밝은 에메랄드빛을 띠기 시작했다.

하지만 밖으로 그 빛이 흘러나오거나 한 것은 아니었다.

그 절대자의 위용은 오로지 칼롯 코즈너의 것이었

기에, 그의 차분함을 닮은 에메랄드빛은 현우의 눈 안에 깊게 갈무리된 채 기회를 노렸다.

그리고 시스템이 완전히 물러나기 위해 발을 뺀 순간.

파아아아앗!

그 순간.

현우로부터 뿜어져 나온 건, 여태 교실을 잠식하고 있던 칼롯 코즈너의 '보이는 위엄'이 아니었다.

그것은 진정한 절대자.

세상의 끝에서 세상의 다른 끝을 굽어보는 신인(神人)이었던 칼롯 코즈너만이 할 수 있는 완벽자(完璧自)의 포효였다.

그 '완벽'에 화들짝 놀란 시스템은 단숨에 그 자리에서 스러져 갔고, 그 순간 현우의 머릿속으로 제거당했던 기억들이 되돌아오기 시작했다.

'크윽……!'

2클래스의 마법사 김택용, 엘프가 없던 세계, 처음 이 세계에서 검색했던 마법과 관련한 내용, 언젠가 읽어봤던 허구의 종족 엘프의 사전적 의미, 그리고…….

'세상을 바꾸는 실험……!'

어제 저녁, 현우를 찾아왔던 남자가 말한 '세상을 바꾸는 실험' 까지.

현우는 그렇게.

잊어버렸던 것을 모두 찾았다.

그리고… 꿀꺽, 침을 삼켰다.

'설마… 아니겠지?'

잊어버린 것들이 중구난방 머릿속으로 쏟아져 들어오는 와중에도 당당히 세상을 바꾸는 실험을 한다는 말을 하던 남자의 모습이 선명하게 떠올랐다.

만약 그가 말한 세상을 바꾸는 실험이라는 게 정말로 이 엘프와 관련한 일이라면… 현우는 이를 어떻게 해야 할지 감이 잡히지 않았다.

현우는 혹시나 하는 마음에 머릿속으로 그가 했던 말을 천천히, 모두 복기해 보았다.

그리고… 무엇이 이번 일의 원인이었는지 깨달을 수 있었다.

-자네가 나를 따라 마법을 배우기만 한다면, 지금 우리가 하고 있는 세상을 바꾸는 연구에도 참여할 수 있다네.

그때는 왜 그가 했던 말을 깊게 생각하려 하지 않았던 것일까.

－사실 자네나 다른 사람들은 체감하지 못할 테지만… 이미 세상의 많은 것들이 우리 연구에 의해 바뀌어 있지.

왜 그때는 '바뀌어 있는 것'에 대해 흥미 이상의 감정을 갖지 못했던 것일까.

－아마 조만간 세상에 재미난 일이 일어날 걸세. 마침 오늘 실험 결과가 나오는 날이거든.

왜, 왜 그 결과에 대해 조금 더 추궁하지 못했던 것일까.

－지금으로도 충분히 성공할 것 같지만… 자네의 이 마법진이라면 기대해도 좋겠어.

왜, 그때. 연구 자료를 뺏기고도 반항조차 못하고 내주어야만 했던 것일까…….

'왜?'

순간, 시스템을 상대한 후 다시 안으로 갈무리되어 가던 현우의 기운이 폭발하듯 학교 전체를 뒤덮어 갔다.

처음 그를 보았을 때, 두려움에 몸을 움직일 수가 없었다.

그가 하는 말 중 무엇이 자신을 죽이려 들까 걱정이 들어 말 한마디가 조심스러웠다.

자신의 연구 결과를 대놓고 빼앗아 갔지만… 반항할 수가 없었다.

'나는… 칼롯 코즈너는 이런 존재였던 건가?'

현우의 가슴 깊은 곳, 칼롯 코즈너가 김현우로 격하된 이후 시간 속에 조금씩 사그라들어가던 칼롯 코즈너의 거대한 힘이 현재의 김현우를 누르고 용틀임했다.

그간 스스로 약함을 알고 고개를 숙임으로 인해 쌓여가던 상처들이 스스로를 돌아보는 지금의 과정에서 선명하게 드러나며, 마침내 잠들어 있던 칼롯 코즈너를 온전히 깨우고야 만 것이었다.

거대한 기세가 학교 밖을 넘어서 한 지역을 통째로 집어삼킬 듯 널찍이 퍼져나가기 시작했고, 그 기세가 닿는 곳에 있는 모든 생명체는 자신들도 모르게 칼롯 코즈너 휘하의 권속으로 격하되었다.

그와 동시에 칼롯 코즈너의 몸은 은은한 서광이 어

리기 시작했다.

약간 회색빛에 가까운 은빛의 광채가 손과 발, 얼굴
과 머리는 물론 입고 있는 옷 위로 흘렀다. 진정한 절
대자의 위용을 한껏 뽐내고 있었다.

하지만 그런 극적 변화에도 주변 사람들, 심지어 바
로 옆에 앉은 엘프 아나피조차도 그런 변화를 알아차
리지 못했다.

아니, 정확히는 알아차릴 시간이 없었다.

한 인간의 기세가 지역을 통째로 잡아먹고 그 안의
모은 것을 권속화 할 정도로 엄청난 일이 벌어졌지만,
그런 대단한 일임에도 보통의 사람으로선 절대 인지
할 수 없는 시간 사이에 일어난 일이었기 때문이었다.

하지만 무섭도록 빠르게 변화하는 만큼 이 변화의
끝 역시도 코앞에 와있었다. 그리고 이 변화하기가 멈
춘다면 세상은 아마 한없이 완벽한 절대자의 등장에
고개 숙여 경배해야 할 터였다.

그러나 그 순간.

-만약 세상이 변했음을 느낀다면… 나를 찾아오게.

흠칫!

어째서 그의 말이 떠올랐는지 알 수가 없었다. 그 말이 어떤 힘을 지니고 있는지도… 알 수가 없었다.

그러나 그로 인해 벌어진 일은 엄청난 것이었다.

단숨에 힘의 영역을 확장해 나가던 칼롯 코즈너는 마지막 순간, 그가 남기고 간 말이 떠오르자 순간적으로 기세가 위축되고 말았다.

그저 그가 떠나기 전에 한 말을 떠올린 것뿐인데 말이다.

인간 중 유일무이한 9클래스 대언령사라는 절대자 칼롯 코즈너의 자존심이 한낱 7클래스의 인간 마법사에게 꺾인 것이었으니, 이는 놀랍다 하지 않을 수 없었다.

물론 그만큼이나 현우의 가슴에 자존심의 상처와 공포가 깊다는 의미이기도 했으나, 그 덕택에 몸을 일으켜가던 칼롯 코즈너의 힘은 다시 잠들어 버렸다.

현우의 몸에 아주 미묘한 변화만을 남긴 채 말이다.

"으으음……."

기묘한 기시감에 침음성을 흘리는 현우였지만, 조금 전 완전한 칼롯 코즈너가 깨어나기 직전 벌어진 일들을 전혀 알지 못했다.

평범한 인간의 정신을 기반으로는 온전한 칼롯 코즈너를 받아들일 수 없다는 걸 안 본능이, 온전한 칼롯 코즈너를 표면에 내세우기 위해 기존의 정신을 심연에 녹여가던 중이었기 때문이다. 하지만 다시 현우의 정신이 깨어났을 때, 확연히 선명해진 마나의 감촉과 유달리 풍부하게 느껴지는 대기의 마나 덕분에 무언가 일이 있었음을 어렴풋이 알 수 있었다.

'마나 지배력이 늘었다?'

무슨 일이었던 것일까. 정신을 잃고 난 다음의 일은 기억하지 못했지만… 그 느낌만은 기억하던 현우는, 자신에게 일어난 일이 그다지 나쁜 일이 아니란 것 정도는 알고 있었다.

'꽤나 익숙한 기분이었지.'

마치 그 옛날, 칼롯 코즈너였던 전성기의 자신으로 돌아간 기분이었다고나 할까?

사실 실제로도 그런 게 맞았다. 하지만 이 세상에 온 이후 여전히 자신을 칼롯 코즈너와 동일시하고 있는 현우였기에, 설마하니 자신의 내면에 잠든 칼롯 코즈너의 존재감이 깨어났던 것이라곤 생각하지 못하는 현우였다.

'이 또한 마법과 관련한 무언가인가? 마법이란 공
부할수록 어렵군.'

그저 그렇게 생각할 뿐이었다.

심지어.

'그러고 보니 정신방벽이 꽤 잘 먹혔군. 내 기억을
공격한 게 무언가의 법칙이었을 테지? 꽤 강력하긴
했지만 그대로 막아낸다는 생각을 집중하는 것만으로
물리칠 수 있을 정도라면, 앞으로도 크게 걱정할 필요
없겠어.'

위기 상황 속에서 잠재된 힘을 이끌어 낸 것조차 제
대로 인지하지 못하고 있었다.

하지만 이런 것은 단순히 현우가 제대로 상황을 이
해하지 못하고 있기 때문만은 아니었다.

반신(半神)에서 인간으로 격하되며 현우는 사실 많
은 게 바뀌어 있었다. 스스로의 약함에 자격지심을 갖
고 언제나 웅크리고 있었으며, 그런 약함을 보완하고
자 눈에 보이는 모든 현상을 최대한 분석하고자 했다.

무슨 현상이든 그것의 약점과 장점을 파악하여 약
점을 공략하고 장점을 자신의 것으로 하고자 무던히

노력했다. 답을 찾을 수 없음에도 최대한 비슷한 대답이라도 얻고자 생각하고 또 생각했다.

그리고 이런 현우의 행동은 칼롯 코즈너가 9클래스란 지고의 경지에 오르기 전, 인간 시절의 칼롯 코즈너의 행동과 완전히 같은 것이었다.

어쩌면 그랬기 때문에 현우는 자신과 칼롯 코즈너를 여전히 동일시하고 있는 것인지도 몰랐다.

비록 절대자였던 칼롯 코즈너와 같은 모습은 아니지만, 그 과거의 모습과는 겹치는 바가 많았으니 말이다.

하지만 어째선지 지금의 현우는 또 달랐다.

만약 이전의 현우였다면, 자신이 이겨낸 무언가가 정확히 무엇인지 알고자 고민했을 것이다. 또한 냉정히 상황을 분석해 공격의 대상이 된 이유는 물론, 이를 이겨낸 자신의 정신 방벽의 특성까지 파악하고자 수많은 고민을 했을 것이다.

그러나 지금의 현우는 그런 문제를 알고도 고민하지 않았다.

어차피 고민해봐야 답이 없는 문제에 고민을 하지 말자는 생각을 갖은 것은 아니었다. 그저 하지 않고 있을 뿐.

현우의 이런 모습은 마치 절대지경에 오른 칼롯 코즈너의 모습과 흡사한 바가 있었다.

당시의 그는 세상을 내려다보는 경지에서 자신이 알고자 하는 것에 매진은 하되, 그것에 연연하지 않았다.

그저 떠올리고 궁금해 하는 정도만으로도 언젠가 답은 나오기 마련이란 것을 오랜 세월을 살면서 깨달은 탓이었다.

절대자 칼롯 코즈너는 언제나 허허롭고 여유로운 삶을 살며, 그때그때 떠오르는 것을 연구했을 뿐이다.

다만 연구의 주제라는 것이, 시도 때도 없이 떠오르던 언령에 관한 내용이었을 뿐. 그의 연구방식은 그렇게 크게 얽매이는 바가 없었다.

하지만 이런 연구 형태는 칼롯 코즈너였기에 가능한 일이었다.

세상 모든 것의 이면조차 보는 그의 눈과 머리는 생각하는 것만으로 중간 과정 없이 답을 떠올린다는 블링크 능력자나 다를 바 없는 수준이었기 때문이다.

그렇기에 그의 연구가 그런 방식일 수 있었던 것

이다.

그의 연구방식에는 궁금한 게 있으면 미뤄 뒀다가 나중에 천천히 찾아보더라도, 그가 알고자 하는 답이 사라지지 않는다는 것을 알고 있는 절대자의 여유가 있었던 것이다.

그리고 지금의 현우는 그런 여유를 안고 있었다.

책상 앞에선 언제나 굽혀져 있던 현우의 등이 길게 쭉, 펴졌고 새까맣기만 하던 눈동자에 은은한 녹색 빛이 감돌았다.

또한 몸에 어렸던 서광의 잔재인지, 어둡기만 하던 얼굴 등이 어쩐지 밝은 느낌을 띠고 있었다.

그리고 이런 변화를 가장 먼저 알아차린 것은 바로 옆에 있던 아나피였다.

아직도 학교를 잠식하고 있는 현우의 기세 탓이었다. 현우로선 자신이 기세를 뿌린 줄을 모르니 회수를 해야 하는 줄도 모르고 있는 탓이었지만, 이를 느끼고 있는 아나피는 영문도 모른 채 잔뜩 쫄아 있을 수밖에 없었다.

하지만 그런 것도 일이십 분일 뿐이었다. 한참을 그러고 있는데도 불구하고 이 기세가 자신에게 위해를

끼치지 않는다는 것을 알게 되면 저절로 다른 생각이
들기 마련이었다.

결국 아나피는 슬그머니 현우의 눈치를 보기 위해
고개를 들었다.

그리고 놀란 표정으로 의문성을 내뱉었다.

"어……?"

묘하게 현우의 앉은키가 커졌다고 생각하던 그녀는,
현우의 얼굴을 보자 단순히 키가 커진 게 아님을 알
수 있었다. 그저 몸을 제대로 펴고 앉은 것임에도 현
우는 전체적으로 훨씬 커진 느낌을 주고 있었다.

그뿐만이 아니었다.

정확히 무엇이 달라졌다고는 할 수 없었다. 하지만
어째선지 조금 더 밝아 보이는 현우의 얼굴은, 그를
처음 봤을 때의 어두침침함과는 거리가 멀어 보였다.

그때, 옆에서 느껴지는 뜨거운 시선에 고개를 돌리
던 현우의 녹색 빛을 담은 눈동자와 아나피의 눈동자
가 마주쳤다.

'드, 드래곤?!'

드래곤의 위엄이란 것이 저런 것일까? 현우의 눈을
통해 아나피는 드래곤의 환영을 보았다.

그것도 꽤나 선명하고 자세하게 연상되는 환영을 말이다.

'어? 드래곤? 그런 걸 내가 알고 있었던가?'

분명 이 세상에 존재하지 않는 것을 떠올렸는데, 아나피의 머릿속에 떠오른 드래곤의 환영은 마치 실제로 그 모습을 본 것처럼 구체적인 형태가 있었다.

'밝은 옥색의 길고 거대한 몸체, 마나의 기류에 가볍게 흔들리는 매끄럽고 커다란 비늘……'

그녀가 떠올리고 있는 것은 조금 전 현우의 눈에서 보였던 녹색과 비슷한 옥색의 눈동자를 가진 그린 드래곤의 모습이었다. 그리고 그 드래곤은 그녀의 상상이 아닌 실존하는 드래곤이기도 했다.

그것도 바로 그녀가 이곳 세상에 오기 전에 본, 이름 있는 고룡이었다.

그렇다면 아나피는 어떻게 이런 것을 알게 된 것일까.

그 정답은 그녀가 소환된 존재라는 데 있었다.

아직까지 엘프라는 개념을 소환했다고 믿고 있는 마탑의 생각과는 달리, 현우의 개량된 마법진이 첨가된 그들의 실험은 다른 세상에 있던 엘프 일부를 통째로 이 세상으로 데려온 것이었다.

이 세상의 시스템이 굳이 엘프를 세상의 역사에 편입 시킨 데는 엘프가 가지는 큰 의미 외에도 그런 물리적인 이유도 있었음이 분명했으리라.

어쨌든 이 세상에 넘어온 엘프들은 시스템에 의해 이 세상의 다른 평범한 이들과 마찬가지로 기억이 조작된 상태였다.

그들은 모두 이 세상에 원래부터 있던 종족이 되었고, 지금 대의 엘프는 모두 이 세상에서 태어났던 것이 되었다. 또한 그들의 창조주인 델로니어스라는 고신은 엘프들의 역사서에만 존재하는 것이 되어 인간들에게 철저한 비밀이 되었다.

델로니어스와 관련한 일이 퍼져 나간다면 유신론과 무신론자가 대립각을 세우고 있는 현대의 인간 세상에 혼란이 일 것이 뻔했기에, 세계의 시스템이 미리 제동을 건 것이었다.

이렇게 조작된 역사와 기억을 갖게 된 엘프들은 그들의 탄생까지도 조작된 상태였다. 하지만 인간보다 상위 종족으로 알려진 그들 특유의 강대한 정신력은 현우와 마찬가지로 몇 가지 키워드 단어를 기반으로 예전의 기억을 읽어낼 수 있는 상태였다.

물론 현재까지 그것에 성공한 경우는 현우 옆에서 대마법사의 기세에 보호받은 아나피뿐이긴 했지만, 어쨌거나 그녀가 떠올린 그린 드래곤은 그녀가 있던 세상에서 그녀의 부족이 모시던 수호 드래곤인 것이었다.

그리하여 자신의 권속이었던 엘프 마을을 통째로 잃어버린 다른 세상의 그린 드래곤 한 마리가 가장 가까이에 있는 왕국에 쳐들어가서 깽판을 놓는 중인 이 시각, 아나피는 전혀 다른 세상, 전혀 다른 장소, 전혀 다른 인물로부터 그녀가 모시던 절대자의 모습을 보고 있는 것이었다.

그녀가 머릿속에 그린 드래곤에 모습을 담고 다시 고개를 숙일 무렵, 엘프를 본 현우의 눈에는 녹색 빛이 꺼진 상태였다.

엘프를 떠올린 순간, 그의 인간성을 일깨우는 강렬한 의문이 머릿속을 지배했기 때문이었다.

'그나저나… 이 엘프들은 다른 세상에서 넘어온 것일 확률이 높다는… 아니 확실하다는 의미렷다?'

여전히 정확한 사실은 알 도리가 없었다. 그러나 음

지의 마법사들의 단체인 마탑과 그곳의 고위직에 있는 대마법사가 말했던 '세상을 바꾸는 연구'란 것을 떠올려보면, 그들이 이번에 바꿔놓은 게 엘프라는 것 외에는 다른 생각이 들지 않았다.

'엘프가 이 세상에 새롭게 생겨난 존재였다니… 이게 말이나 되는 것인가?'

이런 파격적인 시도는 현우로서도 해본 바가 없던 것이었다.

차원이동을 직접 겪은 현우였기에 칼롯 코즈너 시절부터 차원 이동 같은 비주류 분야에 꽤 관심을 갖긴 했다. 그러나 이 세상의 마탑이 이번에 엘프를 불러들였을 때처럼 막대한 힘을 필요로 한다는 사실과 지금의 엘프 편입 사태처럼 세상 전체에 어떠한 영향을 줄 수 있다는 가능성 탓에 함부로 손을 대지 못하던 분야였다.

그런데 이토록 과감한 실험을 해서 성공까지 하다니… 그야말로 마법사에 길이 남을 업적이라고 할 수 있었다.

하지만 현우는 이를 좋게 보지만은 않았다.

이 마법을 실행한 사람은 당연히도 법칙에 틈을 만

들 수 있는 대마법사급의 마법사일 터, 7클래스의 대마법사가 되어 법칙을 다룰 수 있게 되었다는 의미는 그 법칙을 남용, 악용하지 않는 다는 암묵적인 계약에 동의했다는 의미였다.

물론 스스로 법칙을 만들어 내는 존재가 대마법사이니 만큼 이런 계약은 사실 본인 양심에 따르는 것에 불과했지만, 그만한 마법적 지식을 쌓은 사람이라면 이런 차원 간 소환 마법을 사용하는 게 얼마나 위험한 일인지 분명 알고 있을 터였다.

이번에는 엘프가 소환되어 그저 세상의 마법 수준이 오르는 수준에서 결과가 나왔다. 그러나 만약 마족이나 악마, 혹은 몬스터 같은 것이 소환됐더라면 그게 어떤 형태로 이 세상에 편입되었을지 알 수 없었다.

'모르고 한 것은 실수로 치부할 수 있지만, 알고도 잘못을 저지른 것은 용납돼서는 안 되는 일이거늘⋯⋯.'

물론 현우도 이 모든 것을 알고도 칼롯 코즈너의 세상으로 돌아가기 위해 차원 이동을 연구하곤 있었다. 그러나 완전히 새로운 것을 소환하기 위한 연구를 하고 이를 실행한 마탑과 자신을 원래 자리로 돌리기 위한 연구를 진행 중인 현우의 경우는 천지 차이였다. 때문에 현우는 그들과 달리 당당할 수 있었다.

그렇게 현우의 눈동자 표면으로, 법칙을 다루는 자의 의무감과 정의감이 표출되며 잠시 녹색 빛이 깜빡였다. 그러나 그 빛은 순식간에 사그라들어 다시 평범한 현우의 눈동자로 돌아왔다.

법칙을 다루는 자의 최소한의 의무를 지키지 않는 이에게 분노하긴 했지만, 그 상대가 자신보다 강한 존재임을 뼈저리게 알고 있는 현우였다. 그렇기에 이는 현우와 칼롯 코즈너가 교차하면서 나타난 현상이었다. 이는 더불어 현재 현우의 상태가 굉장히 불안정하다는 반증이기도 했다.

만약 칼롯 코즈너가 온전히 깨어나 제대로 기존 현우의 정신과 융화했다면 괜찮았을 것이다. 그러나 지금 현우의 상태는 그저 힘의 잔재만을 조금 넘겨받고 그 진체는 다시 내면에 가라앉은 상태였으니, 어찌 보면 한 몸에 두 개의 혼이 들어앉은 것과 다름없었다.

한 개의 몸에 두 개의 영혼, 이는 굳이 네크로멘시

의 제령술이나 신성교단의 퇴마술 같은 것을 공부하
지 않아도 알 수 있는 위험한 상태였다.

그러나 이런 몸 상태를 알 리 없는 현우는 그 와중
에도 머릿속에 문득 떠오르는 것이 있었다.

'그렇다면 이미 바뀐 것은 무엇이지?'

분명 어제 현우를 찾아온 대마법사는 '이미 바뀐
것이 있다.'라고 말한 바 있었다.

그저 그게 무엇인지 알지 못하고 있을 뿐.

정말 그런 게 있는 것이라면, 현우는 이미 자신도
모르게 기억을 조작 당했다는 의미였다. 이는 꽤나 심
각한 일이라고 할 수 있었다.

지금은 기억하지 못하지만 어쩌면 중요한 무언가를
잊어버렸는지도 모르는 일이었다.

조금 다른 방향에서 사태의 심각성을 느낀 현우는
단숨에 굳은 표정이 되어, 이 세계에 온 이후 보고,
듣고, 느꼈던 많은 것들을 하나씩 떠올려 갔다.

하지만.

'……그 이전의 기억엔 특별한 이상이 느껴지지 않
는데?'

오늘도 그랬듯 현우는 기억에 이상이 있을 때 그 기

억에서 이질감을 느낄 수 있었다. 또한 기억이 사라질 때 둔중한 통증이 따른다는 것도 알고 있었다.

하지만 현우가 지금 떠올리는 기억 어디에서도 그런 이질감이나 통증을 느꼈던 기억이 전혀 없었다.

오히려 이질감과 통증은 오직 오늘밖엔 느껴본 적이 없었다.

'그렇다면 내가 기억하지 못하는 부분이 바뀌었다는 건데……'

과연 그런 것이 있을까?

비록 칼롯 코즈너의 마나 지배력이 없어 마법 능력이 현저히 낮아졌다곤 하지만, 칼롯 코즈너가 지니고 있던 지능을 백분 활용하고 있는 현우의 기억력은 꽤 많은 것을 기억하고 있었다.

물론 처음부터 모르던 것이야 어쩔 수 없지만, 최소한 현우가 보고 들은 것 중 기억하지 못하는 것은 없다고 자부할 수 있었다.

'내가 알고 있는데 바뀐 것이라……'

그러다 현우는 문득 깨달은 것이 있었다. 그들이 생각하고 있는 18세의 현우와 지금의 현우에는 차이가 있다는 점이었다.

'혹시 내가 이 세상에 오기 이전에 이미 바뀐 게 있었다는 걸까?'

아무리 기억을 뒤져봐도 특별한 이상한 점을 찾을 수가 없었던 만큼, 그렇게 생각하는 게 가장 타당한 듯싶었다.

칼롯 코즈너의 기억을 가진 현우가 있기 전에 바뀐 부분이 있었다면 지금의 현우는 알 수 없는 것이 당연했다.

'흠… 그렇다면 이 부분에 대해선 알 수 없는 건가?'

기실 이미 바뀐 것을 진짜로 알고 있는 현우의 입장에선 기억에 혼선이 올 부분이 아닌 만큼, 그다지 중요한 정보가 아니긴 했다. 하나 그렇다고 해도 무언가 모르는 게 있다는 것은 언제나 찝찝한 일이 아닐 수 없었다.

무엇보다 현우가 가장 자신 있어 하는 분야인 마법과 관련된 무언가일 것이라고 생각하니 답답하기까지 했다.

"……아?"

궁금증에 짜증을 내는, 누구보다 인간다운 행동을

하던 현우는 스스로 중얼거리던 중 중요한 사실을 떠올렸다.

'난 여태껏 마법이 나 때문에 생겨난 거라고 믿고 있었는데…….'

비록 이 세상은 아니었지만, 이미 오래전부터 차원과 관련한 연구를 해왔던 현우는 이 세상에 마법이 나타난 것이 자신의 등장으로 인한 인과 관계 때문이라고 생각했다.

방대하기 짝이 없는 현우의 마법 지식은 삭제의 대상이 되기엔 너무도 크고 거대한 개념이었기에, 세상이 이를 수용하기 위하며 스스로 변화했다는 것이 현우의 가설이었다.

물론 가설인 만큼 확신을 갖는 것은 아니었지만, 다른 이유를 찾지 못하는 이상 그게 정답일 가능성이 높았다.

그렇기에 최근 차원이동 마법을 연구하며 조금은 부담감을 갖게 된 것이 사실이었다.

만약 자신이 그대로 다른 세상으로 넘어갔을 때, 현우가 사라진 세상에 여전히 마법이 남아 있게 된다면 어떻게 해야 하는가에 대해 고민하지 않을 수 없었기 때문이다.

물론 그때의 현우는 트라우마에 빠져 그저 돌아가고픈 마음이 컸기에 이런 생각을 금세 접어두긴 했지만, 아예 잊고 있지는 않았다.

그런데 지금, 세상에 나타난 마법에 관하여 새로운 가능성이 나타난 것이었다.

'그래… 잘 생각해보면 내가 나타난 것만으로 세상에 마법이 나타난다는 것은 꽤 터무니없는 소리긴 했지.'

현우가 마법 하나로 절대자에 위치에 오를 만큼 대단한 마법 지식을 지니고 있다고 한들, 한 인간이 가진 지식에 불과했다. 만약 이 세상의 시스템이 현우의 문제를 해결하고자 했다면, 아주 간단한 방법으로 이 세상의 마법 사용을 금지하여 완전히 이 세상을 마법으로부터 격리시키는 것이 쉽고 빠른 방법이었을 것이다.

그러나 이 세상의 시스템은 그런 선택을 하지 못했고 오히려 마법을 수용하고 강제로 역사 속에 녹여내고야 말았다.

즉, 이번 엘프 때처럼 함부로 내칠 수 없는 무언가

가 이를 가능케 만들었다는 의미였다.

'그렇다면… 그가 말한 알지 못하는 것이란 게……'

그렇다. 부탑주가 말한 그것은 마법을 말하는 것이었으리라.

그가 말했던 것이 마법이라면, 모든 게 단숨에 이해가 되었다.

하지만, 그렇다면 또 다른 의문이 생길 수밖에 없었다.

세상의 시스템이 감당할 수 없는 무언가가 소환될 때 이 세상이 변화하는 것이라면…….

이 세상에 마법이 생기기 전에 마법이 역사에 편입될 수밖에 없는 무언가를 소환한 것은 대체 누구였으며, 어떤 힘에 의해 가능했다는 말인가?

오싹-!

현우는 순간 소름이 돋는 것을 느꼈다.

마법이 있기 전, 마법이 아닌 무언가의 힘을 사용해 마법을 소환해낸 사람.

그 존재는 그야말로 미지, 그 자체라고 할 수 있었다.

현우는 도저히 짐작조차 할 수 없는 이 미지의 존재

에 공포감을 느꼈다.

이는 마탑의 7클래스 대마법사와 마주했을 때 느꼈던 공포감과는 전혀 다른 종류의 공포였다.

인간이 공포를 느끼는 원인이 되는 무지와 미지로부터의 본능적 공포감…. 대마법사 칼롯 코즈너에서 인간이 된 현우로서는 너무도 생생한 두려움이었다.

'그것이 무엇인지 알 수 없지만… 정말 상상조차 하기 싫군…….'

그래서 그만뒀다.

아니, 그만둘 수밖에 없었다.

공포감에 잠식된 인간 현우는 인간이 된 이래 처음으로 생각조차 않고 떠오른 의문을 내던진 것이었다.

'어쨌거나… 확인해 볼 것이 늘었군.'

마탑에서 차원 이동에 대해 연구를 하고 있다는 것이 확실해진 지금, 현우에겐 확인해봐야 할 것이 생겼다.

첫째는 그들이 연구하여 현재 성공까지 이른 차원 이동 마법이었으며, 두 번째는 과연 마법은 소환된 것이 맞는가에 대한 것이었다.

첫 번째 것을 확인하려는 이유는 소환하는 방법이

있다면 돌려보내는 방법도 있을 거란 생각 때문이었다. 자신이 지금 연구 중인 칼롯 코즈너의 세계로 되돌아가는 방법에 도움이 될까 싶어서였다.

두 번째 것은 마법의 발생이 자신 탓이 아님을 확인하여 책임을 회피하고 싶은, 지극히 인간적인 마음에서 비롯된 것이었다.

그리하여 오늘 아침 학교에 오기까지 대마법사를 피할 방법만 생각하던 현우는 어떻게 그와 접촉해야 그들의 마법 실험과 관련한 정보를 빼돌릴 수 있을까에 대해 생각하기 시작했다.

불과 몇 시간… 아니, 몇 십 분 전만 해도 모습을 떠올리는 것으로 공포와 수치심에 몸을 떨던 것에 비하면 장족의 발전이라고 할 수 있었다.

트라우마의 대상을 이용해 먹을 생각을 하기 시작했으니 말이다.

'그럼 일단은 접촉을 하는 게 최우선일 테니……'

부탑주의 입장에선 비열한 음모라고밖엔 할 수 없는 계획이 차근차근 세워져 나가는 지금, 현우의 눈에 녹색 빛이 어른거렸다.

　　　　*　　　　*　　　　*

　현우가 이상하다.

　오늘 하루 자리에서 꼼짝도 않는 현우를 본 이성희
의 생각이었다.

　학교에서라면 이동 수업이 아닌 다음에야 본인 자
리에서 절대 일어나지 않는 현우이니 만큼, 그런 행동
이 이상한 것이 아니었다.

　'어쩐지… 얼굴이 조금 변한 거 같단 말이지.'

　그녀의 생각대로 현우의 외모는 조금 변한 데가 있
었다. 언제나 어두침침하던 얼굴은 미묘하게 밝아진
느낌이었고, 밖으로 드러난 현우의 피부는 평소 햇빛
을 못 받아 창백하기만 하던 흰 빛에서 조금 윤기가
감도는 깨끗한 피부로 변해있었다.

　이 모든 것은 오늘 칼롯 코즈너라는 절대자가 현우
의 몸에 자리를 잡다 실패한 영향이었지만, 이러한 사
실을 이성희가 알 턱이 없었다. 아니, 사실 그녀가 이
런 세세한 변화를 포착한 것만으로도 꽤 대단한 일이
라고 할 수 있었다.

　'거기에 말투도 이상했어…….'

현우는 몰랐지만 오늘의 현우는 평소와 달리 이성희의 수다에 맞장구를 치곤했다. 평소엔 그냥 무시에 가까운 태도로 이야기를 듣거나 궁금한 부분만 살짝 물어보던 것과는 확연히 다른 태도였다.

덕택에 이성희는 오늘 현우와 대화하는 재미에 푹 빠져, 난생처음 선생님 심부름까지 잊어버렸었다.

'그 정도는… 그냥 오늘 따라 내가 말해준 내용이 재밌었다고 생각 할 수 있지만…. 그 할아버지 같은 말투는…….'

평소 이성희의 말을 냉정하게 받아치는 듯한 대화 방식의 현우였고, 그만큼 말투도 꽤 쌀쌀맞은 데가 있었다.

물론 이성희야 그런 현우의 말투에 익숙해진 데다, 그렇게 말하는 현우에게 별다른 악의가 없음을 알았기에 신경 쓰지 않았다. 하지만 오늘은 어째선지 간간이 할아버지를 떠올리게 하는 허허로운 웃음과 인생에 대한 조언(?) 같은 말을 툭툭 던지고 있었다. 이는 본래의 현우를 아는 사람으로서 신경 쓰지 않을 도리가 없었다.

'얘가 진짜 뭔가 상태가 안 좋나?'

오늘 아침에 아나피와 만났을 때도 그렇고 평소랑은 조금 다른 데가 있던 현우였다. 혹시나 어디 몸이 안 좋은 것은 아닌지, 이성희는 조금 걱정되는 마음이었다.

'그러고 보니 두통이 있다고 했었지?'

아나피와 만난 직후이자 조례가 시작되기 직전, 현우는 분명 두통이 있다면서 쉬고 싶다는 말을 했던 기억이 있었다.

'이거면 될까?'

현우가 조금 이상한 게 두통 때문일지도 모른다는 데 생각이 미치자, 이성희는 자신이 평소 들고 다니는 상비약을 꺼내 품 안에 조심스레 넣었다. 지금의 그녀는 단단하게 밀봉된 포장지조차도 믿을 수가 없었다.

쫑쫑쫑-.

그야말로 쫑쫑거리는 걸음으로 현우에게 조심스레 다가간 이성희는 품속에 살며시 손을 넣으며 현우를 불렀다.

"현우야~."

"……."

몸이 안 좋으니 귀까지 안 들리는 것일까? 아니면

공책에 적힌 정체를 알 수 없는 꼬부랑글자에 집중한 탓일까? 분명 들렸을 법한데 미동조차 않는 현우를 보며, 불쾌함보다는 걱정이 앞선 그녀가 조금 더 가까이 다가가 현우를 불렀다.

"현우야~."

"……뭐냐."

공책에서 시선을 떼고 고개를 들어 그녀를 바라보는 현우의 얼굴은 무표정했다. 하지만 그간 현우를 관찰해온 이성희는 얼굴에 묻은 짜증을 읽어낼 수 있었다.

그리고 실제론 그런 적 없지만 '그냥 평소처럼 떠들면 되지 왜 굳이 이름을 불러대느냐.'라고 하는 현우의 목소리를 그녀는 들을 수 있었다.

빠직-!

우직!

그녀의 이마에서 무언가 튀어나오는 소리가 났고, 그녀의 가슴팍에선 무언가 우그러지는 소리가 났다.

째릿!

'남이 걱정하는 맘도 모르고!'

말을 걸어놓곤 아무 말도 없이 째려보기만 하는 이

성희가 무언가에 화난 것을 특유의 빠른 눈치로 깨달은 현우였다. 하지만 오늘의 현우는 그녀에게 잘못한 바도 없고 생각이 복잡했기에, 이성희에게 용무가 없다고 판단하고 평소처럼 쌀쌀맞게 말했다.

"⋯⋯뭔지 모르겠지만 중요한 게 아니라면 이번 수업이 끝나고 말해줬으면 좋겠군."

"⋯⋯흥!"

축객령까지 듣자, 결국 제 분을 참지 못한 이성희가 크게 콧방귀를 뀌며 자리로 돌아가 앉았다. 하지만 어쩐지 도저히 분이 풀리지 않았다.

'나쁜 놈! 쓰레기! 아나피 양 있을 땐 헤벌레하면서!'

"흥! 흥! 흥!"

그녀는 코가 떨어져 나갈 듯 콧방귀를 뀌던 와중에도 떠오르는 것이 있었다.

'근데⋯ 저게 원래 현우 모습 아니었나?'

대화에 있어서, 본인은 스스로 말하는 것 없이 이성희의 입에서 원하는 정보만 캐치하는 방식을 고수하던 현우의 대화 법. 그리고 쌀쌀맞은 말투까지.

그건 그녀가 기억하는 평소의 현우와 다를 바가 없

었다.

'근데 난 왜 화내고 있는 거지?'

걱정하던 대로 아픈 것은 아니었으니 다행인 일 아
니겠는가? 원래대로라면… 안심을 하는 게 맞았다.

그렇지만.

'으으… 으으으……!'

끙끙-.

어째선지 치밀어 오르는 화를 참을 수가 없는 그녀
였다.

그리고 멀리서 이를 지켜보던 현우는…….

'반장이 오늘따라 이상하군. 그러고 보니 두통약을
가지고 있댔나?'

마찬가지로 오늘 아침에 이성희의 말을 정확히 떠
올린 현우였다.

약을 가지고 있다는 건 두통이 있다는 의미. 그녀의
이상 행동은 두통 탓일 확률이 컸다.

"흠……."

이성희와 마찬가지로 그녀가 아프다는 데까지 생각
이 미친 현우는 지금껏 뚫어져라 쳐다보던 노트를 접
었다.

그리고……!

'……뭐 약이 있으면 알아서 챙겨 먹겠지.'

어느새 마지막 장을 쓴 노트를 잘 챙겨 넣은 현우는 다 쓴 노트 대신 새 노트를 꺼내 들며 이성희에 대한 생각을 접었다.

*　　　　*　　　　*

'주인…이시여!'

오늘 하루 종일 현우의 얼굴을 힐긋힐긋 쳐다보던 아나피는, 언뜻언뜻 보이던 녹색의 안광을 통해 그녀의 전 주인이었던 그린 드래곤을 떠올리고 있었다.

물론 그녀의 기억은 여전히 세상의 시스템에 의해 조율되어 있는 만큼, 그린 드래곤의 이름이나 이전 세상의 기억이 떠오르는 것은 아니었다. 하지만 현우를 볼 때마다 떠오르는 복종의 사명과 충성심은 그녀를 괴롭게 만들고 있었다.

그리고 마침내…… 그 순간이 왔다.

"흠, 펜의 잉크가 다 됐군."

새로운 노트 한 면에, 평범한 사람으로선 절대 이해할 수 없는 완벽하게 암호화된 마법의 수식이 빼곡하게 들어찼다.

그 탓일까? 이전 노트부터 현우를 위해 열심히 일해 온 볼펜 역시 그전의 노트처럼 수명을 다하고야 말았다.

현우가 볼펜 똥 자국이 잔뜩 묻은 볼펜을 별생각 없이 쳐다보고 있던 그때.

불쑥, 현우의 앞으로 고급스러운 만년필 한 자루가 등장했다.

"이건……."

"그, 그게…… 현우… 씨 펜에 잉크가 없는 거 같아서요."

"뭐… 마침 하나 필요했는데……. 잘 쓰고 돌려주도록 하지."

꽤나 뜬금없긴 했지만, 직접 들어본 만년필은 꽤나 만족스러운 무게감과 필기감을 전해줬다.

하지만.

절레절레!

"아뇨! 가지세요! 아니, 제발 받아주세요!"

"……응?"

어째선지 돌려받기를 격렬하게 거부하는 아나피의 모습에 현우가 당황하는 사이, 오늘 학교에 오며 가져온 새 가방을 통째로 현우에게 내밀며 아나피가 말했다.

"제발! 받아주세요!"

"……아니, 난 이걸로 충분해."

왠지 모르게 폭주하고 있는 아나피를 보며 현우는 단호하게 말했다. 그에게서 진심을 읽은 아나피는 시무룩한 표정이 되었지만, 이내 현우가 만년필을 받아준 것을 깨닫고 가방 속에서 멋들어진 만년필들을 잔뜩 꺼내 현우에게 내밀었다.

"짠! 여기 만년필이 더 있어요! 현우 님……! 아니, 현우 씨!"

"……아니, 난 정말로 이걸로 됐다."

다시 한 번 이어진 현우의 단호한 말에서 마찬가지로 진심을 읽어낸 아나피는 울상인 표정으로 현우를 올려다봤다.

그런 아나피의 모습이 부담스러웠던 것일까? 아니면 이 소란을 듣고 앞에서 수업을 하던 선생님과 반

학생 모두가 자신들을 주목하고 있는 탓이었을까? 현우가 아나피의 손에 들린 만년필들 중 한 개를 골라 쥐며 말했다.

"이게… 마음에 드는군. 이걸 갖도록 하지. 나머지는 필요 없다."

거짓과 진실이 혼용된 말에 잠시 고개를 갸우뚱거린 아나피였지만, 이내 현우가 자신의 공물…이 아닌 선물을 받아줬음을 깨닫고 기쁜 미소를 지으며 크게 고개를 끄덕였다.

그런 그녀의 행복한 표정은 그날 학교에 있는 내내 이어졌다.

그리고 아나피에게 강제로 만년필을 선물 받은 현우는……

"오늘 다들 상태가 안 좋구만."

절레절레-.

자신이 말한 '다들'에 본인도 포함해야 한다는 사실을 모르는 현우의 한숨 섞인 한마디였다.

4.
누구신지

학교가 온통 엘프에 대한 이야기로 떠들썩하던 바로 그날 저녁.

김예린은 어쩐지 마음이 불편했다.

요 며칠간 현우 때문에 집주변이 시끄러운 탓은 아니었다.

엘프 때문에 교실이 온통 그 얘기로 가득했던 탓도 아니었다.

김예린 본인은 잘 기억하지 못했지만, 그 엘프가 현우를 찾아 왔었다는 얘기를 들었던 점심시간 무렵부터 '그냥' 기분이 나쁘기 시작했다.

그야말로 '그냥' 말이다.

'그 엘프의 수행원이 김현우 그 자식을 밀어서 넘어뜨리는 바람에 엘프가 사과를 했다고 했지? 그래서 이마를 비비기도 했다고 하고 말이야……!'

비록 이야기의 순서가 조금 바뀌긴 했지만 내용은 맞는 말이었다.

현우가 김택용에 의해 넘어진 것도, 아나피가 현우에게 사과한 것도, 그리고 사과 방식이 엘프 전통의 이마 맞대기였던 것도 다 사실이었으니 말이다.

뭐… 이마를 비볐다는 표현은 조금 다른 거 같긴 하지만.

어쨌든, 오늘의 김예린은 굉장히 기분이 나빴기에 거실에서 현우를 기다리는 중이었다.

오랜만에 현우를 흠씬 두들겨 패는 것으로 나빠진 기분을 풀기 위함이었다.

"이 자식은 왜 이렇게 안 오는 거야? 또 이상한 놈들한테 끌려가서 나 말고 다른 놈들한테 맞고 있는 건 아니겠지?"

짜증을 내는 건지 아니면 걱정을 하는 건지 잘 알 수 없는 김예린의 중얼거림이었다. 어쨌거나 현우를 기다리는 마음은 기대 반 걱정 반으로 차있었다.

기대하는 감정이야 말할 필요도 없고, 걱정하는 이유는… 얼마 전 현우가 사용했던 마법 탓이었다.

들어본 바로는 현우가 사용한 게 마법에 재능이 있는 사람들이 종종 사용하게 된다는 의식 마법이라는 것으로, 우연의 산물이라고 했다. 하지만 그 우연이라는 것이 오늘 다시 한 번 일어날 수도 있다는 생각 때문이었다.

'설마 별일이야 있겠어?'

하지만 겨우 그런 걱정에 일을 그르칠(?) 성격의 김예린이 아니었다.

아니, 사실 걱정은 굉장히 적은 편이었기에 그녀는 꽤나 편히 생각 할 수 있었다.

그도 그럴 것이, 상대는 김현우가 아니던가? 게다가 이미 수년간 그녀의 샌드백이자 용돈 셔틀 역할을 해오면서 단 한 번도 현우가 의식 마법을 사용하는 것을 본 적이 없는 그녀였다.

그 말인 즉슨 그녀의 구타가 의식 마법이 발동할 정도의 위협이 전혀 못 된다는 의미였다. 어쩐지 자존심 상하면서도 안도감이 드는 김예린이었다.

그렇게 그녀가 발만 동동 구르며 현우를 기다리던 그때.

저벅저벅.

현관 앞으로 누군가의 발소리가 들려왔다.

'이건 절대로 김현우, 그자식이야!'

비록 신경 써서 들어본 적은 없었지만 그래도 몇 년을 같이 살며 귀에 익은 발소리를 알아챌 수 있었다. 때문에 김예린은 지금 현관 앞에 선 사람이 현우라는 것에 목을 걸 수도 있었다.

'오늘 잘 걸렸어! 오늘은 엄마도 안 계시다고!'

그녀의 말처럼 오늘 그녀의 어머니 박예은은 외출 중이었다.

아니, 최근 그녀는 거의 집에 있지 않았다. 밖에서 무엇을 하는지 김예린조차도 들어본 적 없지만, 그녀가 외출을 시작했던 날이 체육대회의 바로 다음 날이었으니, 그 이유는 굳이 말하지 않아도 충분히 짐작이 갔다.

김예린은 집에 편히 쉬시는 엄마를 강제로(?) 내보내기까지 한 현우를 용서할 수 없었다.

사실 그녀의 엄마에 대한 것은 방금 떠오른 것이긴

했지만… 어쨌거나 그녀는 덕분에 오늘의 구타에 한 가지 타당한(?) 이유를 덧붙일 수 있었다.

철컥!

그리고 드디어 고대하던 현관문 열리는 소리가 울려 퍼졌다.

"야! 찌질아! 학교 끝나면 바로바로……!"

"……?"

우뚝.

현관에 들어선 현우를 보며 수년간 단련된 스트레이트 펀치를 날리던 김예린은 눈앞에 나타난 현우의 모습에 손을 멈추고 당황한 목소리로 물었다.

"그… 누구시죠?"

"……?"

깡마른 몸매하며, 부피감 없이 길기만 한 몸뚱이며, 햇빛을 하도 안 받아 새하얀 피부까지, 분명 현우의 모습이었다. 그런데도 김예린은 도저히 그를 현우라고 생각할 수 없었다.

'뭐야 저 피부?!'

그저 햇빛을 못 받아 허옇게만 보이던 현우의 피부는 마치 한평생 피부 관리에만 힘써온 사람의 얼굴처

럼 매끈하고 보드라워 보였고, 그 피부 위로 흐르는
은은하고 고급 진 반사광은 그것만으로도 사람에게
기품을 부여했다.

거기에 몸은 또 어떤가?

하나씩 뜯어보면 평소와 다를 바 없는 깡마른 몸뚱
이였고, 살가죽을 덧댄 인체 모형에 불과했다. 그런데
어째선지 평소보다 훨씬 커 보이는 키와 현관을 가득
채우는 어깨의 넓이는 과연 같은 사람이 맞는가 다시
금 생각하게 하였다.

거기에 평소의 어두침침함을 벗어던져 형광등 아래
서 밝게만 보이는 현우의 얼굴은, 도저히 평소의 얼굴
을 떠올릴 수 없을 만큼 완전히 다른 사람처럼 보였
다.

"이렇게 현관까지 나를 반기러 와서는… 이 오라버
니께 무슨 부탁 할 일이라도 있는 게냐?"

"어… 어……?"

심지어 말투까지 이상했다.

주먹까지 쥐고, 달려가던 모양새로 멈춰선 김예린
의 의도야 명명백백했다. 그럼에도 불구하고 어째선
지 오늘의 현우는 여유 넘치는 목소리로 농담까지 하

며, 친근하게… 그것도 수년 만에 처음으로 자기 자신을 자신을 오라버니라고 칭하면서… 아주, 아주 친근하게…… 말을 건네고 있었다.

"으… 으어어어……."

그야말로 할 말을 잃어버린 김예린이 해석이 불가능한 소리를 내기 시작하자, 현우는 그런 김예린의 모습을 보더니 가볍게 '웃어 보이며' 말했다.

"하하. 그게 무슨 꼴이냐, 동생아. 그런 모습으로 어찌 시집이나 가겠느냐? 그래, 우리 동생이 이 오라버니께 무언가 하고 싶은 말이 있는 것 같으니 일단 이 오라비의 방으로 오거라."

덥석!

그렇게 말하며 아무렇지도 않게 김예린의 엉거주춤 뻗어 나온 팔을 잡고는 그녀를 자신의 방으로 잡아끌었다.

김예린은 그야말로 생각지도 못한 상황에 반항할 생각조차 못하고 질질 끌려갔고, 너무 당황한 탓에 어설픈 걸음으로 걷다가 하마터면 넘어질 뻔하기까지 했다.

하지만 문제는 고작 그녀가 넘어질 뻔했다는 것이

아니었다. 그에 대한 현우의 반응이 그녀에겐 심히 충격적이었다.

"하하, 아직 걸음마도 제대로 하지 못하는 걸 보니 아직 어린애로구나! 자, 그렇다면 오늘은 특별히 안아서 데려가 주마."

번쩍!

대체 그 시체 같은 몸뚱이 어디에 그런 힘이 있었던 것일까? 가볍게 김예린을 안아 올린 현우는 이른바 공주님 안기로 그녀를 들어 올리곤 저 혼자 중얼거리기 시작했다.

"하하, 우리 동생님이 오라버니께 안기니 부끄러움에 말이 안 나오는 모양인 게군. 앞으로 부끄럽지 않게 더 자주 안아줘야겠는걸?"

그저 너무 당황해서 아무 말도 못하고 멍하니 있는 것을 보고 현우가 내뱉은 말이었다.

그리고 이 말을 들은 김예린은 차마 입 밖으로 나오지 않는 고함을 마음속으로나마 크게 외쳤다.

'뭐야 이게…! 이게 뭐야앗~~!'

철컥! 쿵!

정말이지 그런 힘이 어디서 나온 것인지 김예린을

안고도 아무렇지 않게 자신의 방문을 열고 들어간 현우는, 여전히 말을 잇지 못하는 김예린을 바닥에 조심스레 내려놓고 호탕하게 웃었다.

"응? 핫핫핫핫! 동생아 그러다 입에 파리 들어가겠구나! 걱정 마라. 우리 동생의 몸무게는 네가 결혼하는 그날까지 네 남편에게도 알려주지 않을 테니!"

그야말로 혼자서 북 치고 장구 치고 상모까지 돌리는 현우의 모습에 멍하다 못해 이젠 사색이 된 김예린이 마침내 한 마디, 입을 열었다.

"미… 미친……."

"……뭣이?!"

그리고 그녀의 그런 말을 들은 현우의 반응은 사뭇 진지하고도 격정적이었다.

"동생아, 방금 뭐라고 한 것이냐? 내가 잘못 들은 게 아니라면… 미…. 흠흠, 이런 말은 내가 하자니 민망하군. 어쨌거나 그런 상스러운 말은 꽃다운 여자애의 입에서 나와선 안 되는 말이란다. 그러고 보니 내가 말의 중요성에 대해 아직 이야기해준 적이 없구나? 본디 사람의 말이란 것은 말이다……."

그렇게 여동생에 대한 걱정이 가득한 오빠의 한마

디를 서두로 시작된, 말과 관련한 장대한 대서사시가
시작되었다.

"……그리하여 말이라 함은 언제나 조심해야 하는
것이며, 한 마디 말을 함에 있어 언제나 진중히 생각
하고 내뱉어야 한다. 또한 말의 힘이란 네가 생각하는
것 이상을 가졌으니, 인간으로서 말을 아껴 쓰고 조심
히 쓰는 것은 마땅히 해야 할 도리인 게다."

"……."

현우의 말이 끝났을 무렵, 김예린은 현우가 뭐라고
떠들든지 간에 현우를 관찰하는 데 여념이 없었다.

어디 머리를 다친 것은 아닌지 머리를 세심히 훑어
보기도 했고, 혹여 정신을 차릴 수 없을 정도의 고열
은 아닌 건지 난생처음 현우의 이마의 온도를 직접 재
보기도 했다.

그럼에도 불구하고 이상을 발견할 수 없었기에, 심
지어 자신이 얻게 된 마나를 보는 능력을 통해 현우의
마나 상태를 관찰해보기까지 했다.

마법사란 사람들은 마나가 조금만 이상해도 몸 상
태에 영향이 있다는 말을 어디선가 주워들은 적이 있
었기 때문이다.

'마나가 평소보다 훨씬 짙어 보이긴 하지만 별다른 건 없는데…. 겉모습도 눈이 약간 맛 간 것처럼 반짝거리는 거 외엔 특별한 이상이 없고 말이야……'

사실 사람의 눈이 반짝거리는 건 충분히 이상한 현상이긴 했다. 그래도 그게 어떤 특별한 지표가 되진 않았기에, 김예린은 그저 고개를 젓고 넘어갔다.

하지만 그녀가 발견한 그 특징은 꽤나 중요한 부분이었다.

오늘 아침의 사건을 계기로, 현우의 마법 능력과 몸에 영향을 남긴 칼롯 코즈너의 잔재는 오늘 하루 내내 현우를 오락가락하게 만드는 중이었다.

물론 현우도 칼롯 코즈너도 사실은 동일 인물이니, 만약 칼롯 코즈너의 영향을 받는 상태가 꾸준히 지속되었다면 언젠간 두 개로 나뉜 현우와 칼롯 코즈너가 하나로 융화되었을지도 모르는 일이었다.

그러나 불완전한 등장 탓에 불안정한 융합 상태를 보이는 현재에는, 눈에 불이 들어오면 정신이 나갔다가 불이 꺼지면 원래대로 돌아오는 일을 학교에서부터 반복하는 중이었다.

그나마 학교에선 본연의 칼롯 코즈너의 위엄만이

녹아들어서 큰 차이가 나지 않았지만, 반복되는 교차 현상 속에서 현우는 정신적으로 급속도로 지쳐가는 중이었다.

사람의 주된 인격이 계속해서 바뀐다는 것은 아무리 대언령사의 두뇌라도 버텨내기 힘든 종류의 것이었던 탓이다. 그리고 그런 피곤함이 절정에 이른 지금, 사실 현우를 제어하던 진짜 정신인 의식은 휴식에 들어간 상태였다. 탓에 지금 깨어나 현우를 조종하고 있는 부분은 내면의 무의식이었다.

현우의 의식은 하교를 시작할 무렵에 이미 끊어져 있었던 것이다.

그나마 정신을 잃은 상태에도 불구하고 이렇게 집에 도착할 수 있었던 건, 몇 년간 반복된 기억을 더듬은 무의식의 현우가 몸을 이끈 탓이라고 할 수 있었다.

그렇기에 현우는 집에 도착하기 직전까지 이런 상태가 아니었다.

그저 멍하니 집을 향해 걸어가는 좀비와도 같은 모습이었고 그런 현우의 모습은 현우를 아는 사람이라면 꽤나 평범한 모습이었기에 티가 나지 않았다.

그런데 왜, 갑자기 현우는 '친근한 오빠'를 연기하기 시작했던 것일까?

그것은 오래전 현우가 읽었던 한 책으로부터 기인한다.

아주 어렸을 적, 현우가 읽었던 소설 중 가족의 따뜻함을 그려낸 책이 있었다. 주된 내용은 집에 닥친 어려움을 가족 각자가 가진 특별한 능력과 가족애로 뭉친 단합력으로 이겨내고 행복한 결말을 맞는다는 흔해 빠진 이야기에 불과했다.

하지만 그때 그 시절까지 가족이란 것에 대해 제대로 이해하지 못하던 현우에게 그 이야기는 굉장히 깊은 인상을 심어주었던 것이다.

물론 워낙에 오래전의 일이었기에 인상 깊게 읽은 책임에도 기억하고 있는 부분이 많지 않았다. 그럼에도 그렇게 듬성듬성 남은 기억 속에서도 선명하게 기억하고 있는 부분이 있었으니, 바로 가족의 정신적 지주이자 만능 해결사로 나온 장남과 관련한 이야기였다.

장남이자 여주인공의 오빠로 나오는 그는 언제나 호탕하고 호쾌한 웃음을 지으며, 가족 앞에 놓인 문제의 해결책을 이끌어내는 중심인물이었다. 또한 가족 간에 생겨난 불화를 환기시키는 분위기 메이커의 역할이기도 했다.

그리고 이 소설을 읽을 당시의 현우는 이런 주인공의 모습을 깊게 동경했었다. 그로부터 몇 년이 지나 현우에게 처음으로 여동생이 생겼을 때, 현우는 그런 주인공의 모습을 떠올리곤 했었다.

떠올릴 뿐 아니라 따라 하기도 했다.

물론 현우의 주인공 흉내는 모두 실패했었다. 그 결과 현실과 소설은 엄연히 다른 것임을 깨달으며 미련을 버렸다고 생각한 현우였다.

그런데 인간의 무의식이란 것은 그리 호락호락하지가 않았다. 완전히 잊었다고 생각하는 것들도 간단한 키워드를 통해 다시 떠올릴 수 있는 게 인간의 기억이고 인간의 뇌였다.

그리고 오늘, 행동을 제어해주는 의식의 보호 없이 여동생과 마주친 현우의 무의식은 깊은 곳에 묻혀있던 그 동경심을 꺼내든 것이었다.

"으음… 아무래도 병원에 보내는 게 좋지 않을까?"

"뭣? 병원? 동생아 어디 아픈 데라도 있는 게냐?"

병원이라는 단어 하나에 호들갑을 떠는 현우의 말을 귓등으로 들은 그녀는 진지하게 현우를 병원에 보내는 것에 대해 고심했다. 하지만 현우를 병원에 보낸다고 생각하니 그녀로선 찔리는 게 많았다.

물론 현우를 믿고 있는(?) 그녀였지만, 혹여나 그녀가 괴롭힌 상처가 몸 어딘가에 남아있을지도 모르는 일이었기 때문이다.

지금의 정신상태를 보건대, 필히 정신과 진료를 받게 될 것인 만큼 집안에서의 따돌림이나 그녀가 행한 폭행에 대해 증언을 할지도 몰랐다.

'그럼… 아무래도 위험하겠지?'

현우가 어떤 인간이었든지 간에, 수년간 오빠를 폭행해온 여고생이라면 당장 신문의 헤드라이트를 장식하기에 충분한 기삿거리였다.

"너… 잠깐만 여기에 있어!"

"어허, 오라버니께 너라니……."

곧장 현우가 지적하는 말소리가 들렸지만 그마저도 귓등으로 흘려보낸 김예린은 곧장 밖으로 나가는가 싶더니 수건을 적셔왔다.

그러곤 멀뚱히 그녀를 쳐다보고 있는 현우의 머리

위에 턱하니 젖은 수건을 얹어놓았다.

'뭔가 좀 다른 거 같은데?'

물론 학교에서 알아주는 수재답게, 평소의 그녀는 이렇게 멍청하지 않았다.

그저 오늘 따라 그녀를 멍청하게 하는 무언가가 있었을 뿐이다.

난생처음 누군가를 간호해보는 그녀는 드라마에 나오는 아픈 사람 모두가 머리에 무언가를 싸매고 있거나 젖은 물수건을 올려놓는다는 점과 현우의 상태를 보건대 머리에 무슨 문제가 있다는 점에서 착안해 한 행동이었다. 하지만 애당초 열이 나는 것도 아닌 현우에게 젖은 수건이 도움이 될 리 만무했다.

"……."

"……."

한참을 그렇게 멀뚱히 서로를 쳐다보던 현우와 김예린 중 먼저 움직인 것은 이번에도 역시 김예린이었다.

주르륵-.

"앗!"

슥삭! 턱!

멍하니 앉아있는 현우의 얼굴을 타고 물이 흐르는 것을 본 김예린은 현우의 머리에 놓인 수건으로 그 물을 다시 닦아내고 도로 현우의 머리에 올려놓았다.

그리고.

주르륵-.

"아앗!"

슥삭! 턱!

그 행동을 몇 번 더 반복하고 나서야 수건에 문제가 있음을 깨달은 김예린이었다.

하지만 문제를 깨달음과 동시에, 그녀가 직접 수건을 들고 세면대로 가서 물을 더 짜는 것보다 쉽고 편한 해결 방법을 떠올린 그녀였다.

"누워!"

착!

마치 말 잘 듣는 강아지처럼 김예린의 말에 따라 단숨에 대자로 바닥에 누워버린 현우는 누운 상태로 김예린을 빤히 쳐다보고 있었다.

"휴! 이러면 얼굴로 물이 흘러내리진 않겠지?"

"……"

손에 물 한 방울 묻히지 않고 문제를 해결한 김예린

은 누운 채 멀뚱히 자신을 쳐다보는 현우와 눈이 마주
쳤다.

"쓰읍! 뭘 봐!"

"동생아! 그런 말버릇은 어디서 배운 게냐? 연장자
에게 그런 버릇없는……."

"아, 잠깐… 잠깐만!"

말 한마디 했을 뿐인데, 현우의 입에서 속사포처럼
잔소리가 쏟아져 나왔다. 뒤늦게 자신의 실수를 깨달
은 그녀는 재빨리 현우의 입을 틀어막고 이불을 가져
다 현우의 몸에 덮어버렸다.

"너! 오늘은 뭔가 굉장히 상태가 안 좋아 보이니
까… 일단 봐줄게. 이대로 내일까지 자고 내일은 정
상으로 돌아오라고!"

철컥! 쾅!

멀뚱히 그녀를 쳐다보고만 있는 현우에게 윽박지르
듯 나을 것을 강요한 김예린은, 그 말을 끝으로 현우
의 방을 나갔다.

그리고 방에 혼자 남게 된 현우는…….

'……내가 지금 뭘 본 거지?'

어느새 불 꺼진 눈으로 방금 김예린이 나간 방문을

쳐다보고 있었다.

그리고.

'내가 지금 뭘 한 거지?'

"......."

의식이 내면에 잠들어 있었다곤 하지만 무의식의 행동을 완전히 파악하지 못하는 것은 아니었다. 의식이 깨어나면, 무의식이 한 행동을 그저 약간 흐릿한 기억으로 느낀다.

그리고 무의식 상태에서 했던 일들은 자신의 생각대로 한 것으로 받아들이는 것이다.

만약 이런 방식이 아니었다면, 현우는 머릿속에 있는 기억의 공백에 혼란을 느끼고 자신의 이상을 알아차렸을지도 모르는 일이었다.

하지만 이렇게 꿈을 꾸다가 깨었을 때, 꿈속의 일을 현실처럼 느끼는 것과 비슷한 과정을 계속해서 겪고 있기에 자신이 이상함을 알지 못하는 것이었다.

지금까지 벌어졌던 일을 차분히 복기해낸 현우는 자신의 이해를 뛰어넘는 자신의 행동과 그에 대응하는 어설프기 짝이 없던 김예린의 행동을 떠올리며 이내 생각하길 멈췄다.

“……이만 자야겠어.”

인간이 된 현우가 제대로 생각해보지도 않고 내던
진 두 번째 의문이었다.

5.
이상증세

묘 며칠간 현우 상태가 이상했다.

집에서 여동생 김예린만 보면 좋은 오빠 코스프레를 하여 김예린을 식겁하게 만들었고, 학교에선 이성희에게 느닷없이 어깨동무를 하며 절친한 친구 코스프레를 하였다.

또한 오랜만에 현우를 찾아와 쭈뼛거리고 선 서보람을 보곤, 손등에 키스하며 데이트 신청을 하는 것으로 그녀를 곧장 집으로 돌려보내기까지 했었다.

하지만 이런 것은 아나피에게 하는 행동에 비하면 약과라고 할 수 있었다.

"너는 정말 이것도 모르는 거냐?"

"죄, 죄송해요."

"하! 매번 인간을 무시하고 인간보다 낫다고 노래를 부르는 엘프의 꼴이 참으로 우습구나!"

이 세상 어떤 인간이 감히 세계 평화의 상징이자 이종족 간 평화와 교류의 상징인 교류 엘프에게 저런 막말을 할 수가 있다는 말인가. 그러나 지금 교실에 있는 모두는 그 누구도 상상도 못해봤을 법한 장면을 두 눈으로 직접 목격 중에 있었다.

"매번 말로만 죄송! 죄송! 너희가 그토록 자랑하던 목소리는 죄송하단 말을 하기 위해 있는 거냐?"

"죄송합니다! 죄송합니다!"

말도 안 되는 트집을 잡아가며 끝이 보이지 않는 갈굼을 펼치는 현우도 현우였지만 이를 보는 이들에게 더욱 충격적인 것은 엘프인 아나피의 태도였다.

흔히 인간보다 모든 면에서 앞서는 탓에 인간의 상위종이라 알려진 엘프였다.

그들은 그런 인식에 걸맞을 만큼 높은 콧대도 가지고 있기로 유명했고, 이는 역사가 증명해주는 사실이었다. 또한 실제로 아나피가 이 교실에 왔을 때, 그녀의 귀를 만지려던 한 학생이 아나피의 원색적 비난에 못 이겨 울며 교실을 뛰쳐나가기까지 했었지 않은가. 그러니 엘프란 종족이 인간을 보는 시선이 어떠한지는 엘프를 아는 세상사람 모두가 다 알고 있는 것이었다.

"여기 내 책상이 더럽다!"

"바로 닦겠습니다!"

그런데 그런 엘프가 한 인간, 그것도 평범한(?) 고등학생에게 욕을 먹어가며 그의 책상을 청소하고 있지 않은가?

이는 해외토픽… 아니, 전 세계에 대대적으로 중요 뉴스로 나가도 할 말이 없을 만큼 놀라운 일이었다.

비록 현우의 이런 행동이 마치 틱 내지는 다중인격자처럼 갑자기 한 번씩 나타났다 사라지는 수준이라곤 하지만, 현우의 행동은 그 잠깐조차 참기 힘들 만큼 보는 사람이 불편하게 하는 힘이 있었다.

만약 현우가 평범한 학생이었다면 반 학생들 모두가 나서서 현우를 뜯어말렸을 테지만, 아쉽게도 현우는 보통의 학생들에겐 너무 무서운 존재였다.

하지만 학생들이 나서지 못하는 데는 단순히 현우

가 무섭다는 이유뿐만은 아니었다.

"다 닦았습니다!"

"흠… 그래 어디…… 아니! 여기에 먼지가!"

"헉! 죄송합니다!"

놀랍게도 그런 현우의 말과 행동에 화도 내지 않고 고스란히 따르기만 하는 아나피의 태도가 더 큰 문제였다.

당사자가 묵묵히 따르고 있는데 제3자가 끼어들어 하지 말라고 한다면 오지랖밖에는 안 될 일이었으니 말이다.

물론 만약 아나피가 조금이라도 불쾌한 기색을 보이거나 현우의 그런 행동을 싫어하기라도 했다면, 학생들은 현우에게 그만하라는 말 한마디 정도는 할 수도 있었을 것이다.

하지만 어째선지 아나피는 현우가 시키는 일을 할 때 단 한 번도 얼굴을 찡그린 적이 없었다. 아니, 오히려 현우가 시키는 일을 할 수 있다는 것에 기뻐하는 것처럼 보일 만큼 현우가 하는 말 하나하나에 적극적으로 움직였다. 게다가 간혹 트집잡히지 않고 무난히 일을 끝내기라도 하면 기뻐서 어쩔 줄 몰라 하는 표정이 되곤 했었다.

그렇게 학생들 사이에 아나피의 마조히스트 설이 조금씩 퍼져나갈 때쯤, 결국 학생들이 우려하던 일이 터지고야 말았다.

쨍그랑!

화르륵!

"네 이년! 뭐 하는 짓이냐!"

"죄, 죄송……."

아나피의 학교 체험 마지막 날인 오늘, 아나피는 난 생처음 학교의 과학 실습실에 들어와 신기한 실험 도 구들을 가지고 실험을 하던 중이었다.

2인 1조로 진행되는 이 실습은 당연히도 아무도 함 께하려 하지 않는 현우와 오직 현우가 아니면 안 된다 는 아나피가 같이 조가 되어 진행되었다. 수업 시작 직전부터 눈가에 은은한 빛이 감돌던 현우는 불이 붙 은 알코올램프를 넘어뜨린 아나피를 향해 크게 윽박 지르기 시작했다.

"네년! '마법 실험 도구'는 분명 조심히 다루라 그 토록 일렀거늘! 네 나이가 몇인데 아직도 기본적인 것 조차 제대로 다루질 못한다는 것이냐!"

"죄송합니다. 죄송합니다."

"죄송하다면 네가 망가뜨린 도구가 원래대로 돌아오기라도 한다더냐! 이제 어쩔 셈이냐!"

"죄… 죄송… 죄송합니다. 히끅… 흑… 흑흑……."

슥슥─.

여전히 불이 붙은 알코올램프로부터 쏟아져 나온 알코올을 맨손으로 쓸어 담던 아나피는 끝끝내 눈물을 보이고 말았다. 망가진 실험 도구를 마도구로 착각한 현우의 유달리 강도 높은 비난과 첫날 현우의 눈동자를 본 이후 아나피에게 각인돼버린 두려움이 만들어낸 결과였다.

그리고 그런 아나피의 눈물을 본 반의 다른 학생들이 하나둘 자리에서 일어났다.

그중 첫 번째는 놀랍게도 이성희였다.

"야! 김현우! 너 델로니어스 양한테 왜 그래?"

비록 현우만큼 많은 대화를 나눈 것은 아니었지만, 반장이었던 만큼 다른 학생들에 비해 아나피와 더 많은 대화를 했던 그녀였다. 참고 참았지만 그런 그녀가 보기에 이번 현우의 행동은 너무 심했다.

아무리 봐도 아나피가 혼나야 할 상황이 아니었으니 말이다.

또한 처음 아나피와 만났던 날, 현우의 친구이기에 그녀더러 아나피란 이름으로 부르라고까지 했던 아나피였다. 그토록 현우를 좋아한 아나피가 저런 말도 안 되는 이유로 현우에게 욕을 먹는 것은 부당한 일이었다.

"…너 의식 마법인지 뭔지 한번 쓰더니 마법사라도 된 거 같아? 그거 그냥 어쩌다 한번 쓴 거라며!"

"그래! 일진 하나 쫓아내니 니가 일진이라도 된 줄 아냐?"

"나쁜 자식아! 델로니어스 양이 뭘 잘못했는데 너 같은 찐따한테 욕을 먹어야 하냐!"

"우우 죽어버려! 쓰레기야!"

우우-.

이성희를 필두로 자리에서 하나둘 일어나 소리치는 학생들이 늘어갔다.

현우를 비난하는 목소리가 높아지자 아나피는 물집 잡힌 손을 들어 그들을 향해 외쳤다.

"아니에요! 전 괜찮아요, 여러분! 그러지 마세요!"

하지만 그녀의 손을 공개한 게 역효과였던 것일까? 현우를 비난하는 목소리는 단숨에 높아져만 갔다.

심지어 그 목소리가 어찌나 크고 기세등등했는지 수업을 주관하던 선생님들도 이를 말릴 수 없었고, 끝 끝내 실습실 근처에 위치한 반의 선생님과 아이들이 찾아와 현우와 아나피를 구경하기도 했다.

또 전후 사정도 모르고 현우를 욕하는 것에 동참하는 학생들도 있었다.

그렇게 소란이 점점 커져가던 이때, 결국 현우의 눈에 빛이 사라졌다.

'이, 이게 무슨?'

현우는 정신을 차리고 보니 온통 자신을 욕하는 소리로 가득한 실습실을 보며 몽롱한 기억을 더듬어갔다.

'나는 분명 버릇없는 엘프 녀석을 가르치던 꿈을 꾼 거 같았는데…….'

현우 역시도 요 며칠간 자신의 상태가 좀 이상하다는 것을 느끼고는 있었다. 그러나 무언가 중요한 기억이 통째로 날아가는 것도 아니어서, 현우가 느끼기에 피로감에 자주 졸게 되는 정도로 인식하고 있었을 뿐이었다. 그리고 조금 전에도 요 며칠간 계속되어온 칼롯 코즈너 시절, 자신의 마법을 가르쳐 달라고 애걸복걸해서 들인 엘프 제자가 밖에 나가 자신의 후광을 등에 업고 말도 안 되는 짓들을 벌인 것을 알고 혼내던 날의 꿈을 꾸던 중이었다.

그리고 이게 바로 현우가 그토록 아나피를 괴롭힌 이유였다.

자신의 입으로 제자로 들이겠다 천명하고 들인 엘프 제자를 함부로 쫓아 낼 수는 없었기에 차마 감당하기 힘든 괴롭힘으로 스스로 포기하게 만들었던 현우에게 있어, 엘프란 교활하고 무례하며 주제를 모르는 대상으로 무의식에 각인되어 있었던 것이다.

이는 이성희와 서보람 때 이상적인 교우 관계의 주인공과 학원 연애물의 주인공을 연기했던 것과는 확실히 달랐다.

그 둘의 경우는 완벽히 허구의 것들로 평범한 인간 시절의 현우가 동경해온 이상적인 모습의 발현이었던 것에 반해, 아나피에게 한 현우의 행동은 칼롯 코즈너 시절의 가장 추악하고도 기분 나빴던 일의 복제였으니 말이다.

"걱정 마세요! 제가… 제가 다 어떻게든 할 테니까… 그러니 '저희 마을'만은……."

흠칫!

열심히 학생들을 말리던 아나피도 이런 방식으로는 그들을 막을 수 없다는 것을 깨닫고 현우를 돌아보며 애원하는 어조로 말했다.

게다가 얼마나 당황한 것인지 그녀가 그린 드래곤의 권속이던 시절, 뭐만 하면 그녀의 마을을 가지고 협박하던 드래곤에게 용서를 빌 때의 행동이 혼란을 틈타 밖으로 흘러나오고야 말았다.

그리고 때마침 용서를 빌며 손바닥을 비비는 그녀의 손바닥에서 물집이 터져 진물이 흐르는 것을 목격한 현우가 떨리는 목소리로 입을 열었다.

"이건……."

현우의 목소리를 듣고서야 현우의 시선이 어디로 향해 있는지 깨닫게 된 그녀는 재빨리 피가 배어나오는 자신의 손을 뒤로 감추며 말했다.

"아니에요! 저는 정말 괜찮아요! 제가 다 알아서 할게요! 그러니 제발……!"

아나피의 뒤로 숨긴 손과 그녀의 애원하는 모습을

본 현우의 눈동자가 급격히 흔들리기 시작했고 현우
의 정신에 급격한 혼란이 오기 시작했다.

"네, 네가 무엇을 알아서 한다는 게냐……! 아나
피! 그 손… 그 손……!"

학질에 걸린 것처럼 몸을 떨며 그녀의 뒤로 감춰진
손을 가리키며 연신 손을 외치던 현우의 고개가 앞으
로 푹 수그려졌다.

그리고 마침내.

"우웨에엑-."

"꺄아아악!"

"더러워!"

도저히 참을 수 없는 구토감에 실습실 바닥을 질펀
하게 물들이고야 말았다.

현우로선 어떻게든 참아보고자 입까지 틀어막았었
기에 손도, 바닥도, 바지 밑단까지도 오물로 더럽혀졌
다.

그 순간.

"저기… 괜찮으세요?"

여전히 눈물이 그렁그렁한 얼굴로 현우를 올려다보
며 안부를 묻는 아나피와 눈이 마주하자 현우는 다시

한 번 급격히 정신이 흔들림을 느낄 수 있었다.

타다다닷!

손이며 팔, 다리에 오물을 묻히고 달려오는 데야 막을 수 있는 사람이 있을 리 없었다.

순식간에 탁 트인 복도를 지나 화장실로 뛰어 들어간 현우는 틀어막고 있던 입을 변기 가까이 대고 크게 쏟아냈다.

"우웨엑! 우웩!"

하지만 이번에 쏟아져 나온 것은 토사물이 아니었다.

'……피?'

현우가 쏟아낸 것은 변기를 새빨갛게 물들일 만큼 많은 양의 피였다.

자신이 한 행동에 대한 혐오감, 스스로의 상태에 대한 의문, 그리고 여전히 제자리를 찾지 못하는 정신이 끝끝내 현우에게 내상을 남긴 것이었다.

'그래도 피를 한번 쏟으니 시원하군.'

정말 피를 쏟은 것 때문인지는 모르겠지만 현우는 몸이 싸늘해져 가는 가운데 어쩐지 조금 마음이 편해졌다.

흔들리던 정신도 어느 정도 자리를 잡은 듯싶었다.

"오늘은… 안 되겠군."

잠시 휴식을 한 끝에 완전히 정신을 차린 현우는 몸에 묻은 피와 토사물을 최대한 씻어내고 실습실로 돌아갔다.

소란이 있었던 실습실은 더 이상 수업을 진행하지 않은 듯, 아직도 실험기구가 놓인 그곳엔 더 이상 반 아이들은 없었고 몇몇 학생만이 실습실의 바닥을 청소하고 있었다.

그때, 청소를 하던 아이들이 현우를 발견하지 못하고 중얼거렸다.

"야, 김현우란 새끼 왜 그런 거래냐?"

"몰라, 시바 내가 알 게 뭐냐? 어쩌다 그딴 또라이 새끼가 있는 학교를 와서 이게 뭔 고생인지……."

"야야, 근데 그 새끼 진짜 미친 거 아니냐? 어떻게 엘프한테 그럴 수가 있지?"

"그 자식 원래부터 유명한 또라이였잖아. 그것도 뭔가 그 새끼만의 정신병이 도진 거겠지."

그렇게 현우의 토사물을 치우며 자기들끼리 열심히 떠드는 모습을 가만히 지켜보던 현우는 그 아이들에게 빠른 걸음으로 다가갔다.

저벅저벅 저벅저벅.

"그러니까 그 새끼……."

"어? 야야!"

그제야 현우를 발견한 아이들이 여전히 현우를 욕하고 있는 친구를 흔들어 멈추게 했으며, 이내 현우로부터 몇 발자국 떨어진 곳에 섰다.

아까는 분위기에 휩쓸려 패기를 부리긴 했지만 여전히 마법사란 그들에게 미지와 두려움의 대상이기 때문이었다.

하지만 현우는 그들이 두려움에 떨든 말든 상관하지 않겠다는 듯, 그 애들 중 가장 앞에 선 녀석의 걸레를 빼앗아 들며 말했다.

"여긴 내가 청소할 테니 다 돌아가 봐라."

현우에게 걸레를 빼앗길 때부터 어리둥절해 하던 그 애들은 현우의 그 말을 기다리기라도 했다는 듯이 말이 끝나기 무섭게 손에 쥔 청소도구를 모두 내팽개치고 실습실을 나가버렸다.

드르륵-! 쿵!

그렇게 실습실 문이 닫히는 것을 확인한 현우는 손

에 쥔 대걸레를 들어 바닥에 남아있는 혐오의 흔적을 차례로 지워나가기 시작했다.

더러웠던 바닥이 깨끗해질 때마다 가슴 한 켠에 남은 죄책감이 조금은 가벼워지는 느낌이었다.

그리고 잠시 뒤.

슥슥슥… 쓰으으윽!

깨끗이 빨아온 대걸레로 이미 반짝반짝 윤이 나는 바닥을 한 번 더 훔치는 것으로 바닥 청소를 마친 현우는 만족스러운 얼굴로 청소도구를 정리했다.

그리고… 현우와 아나피가 실습을 하던 자리를 발견했다.

"……."

스륵– 바스락.

아마도 불을 잡고자 했던 것인지, 아나피가 알코올 램프를 넘어뜨렸던 자리에는 모래가 한 움큼 뿌려져 있었다. 그 주변엔 아나피의 손자국 모양으로 모래가 군데군데 모여있었다. 저런 모양이 된 것은 아마도 그녀가 맨손으로 알코올을 쓸어 담다가 묻힌 흔적들일 터였다.

그걸 본 현우의 얼굴이 다시 어둡게 변했다.

현우는 손에 쥐어진 모래를 손으로 비벼 모래 틈에 남은 약간의 습기마저 확실히 날려 보냈다. 그리고 실험 탁자 위에 모래를 꼼꼼히 쓸어 담아 버리기 시작했다.

단 한 톨의 모래조차 남기지 않겠다는 듯, 이 자리에 남은 자신의 실수를 흔적도 없이 제거하겠다는 듯, 현우는 그 주변까지 꼼꼼히 청소하며 모래 알갱이를 치웠다.

그리고 마침내 깔끔히 정리된 탁자를 본 현우는 그제야 실습실을 나섰고, 곧장 교무실로 가서 조퇴 확인서를 받았다.

아마도 조금 전의 소란에 대해 들은 바가 있는 듯, 조퇴 확인서를 작성해주는 담임선생님의 얼굴은 딱딱하게 굳어있었다. 하지만 별다른 질문은 하지 않았다.

'조퇴는 처음 해보는군.'

선천적으로 약한 몸과 괴롭힘으로 약해진 몸 탓에 학교에 못 나온 적은 있지만 학교에 나온 다음에 조퇴를 해본 건 오늘이 처음 있는 일이었다.

설령 하루 종일 두드려 맞는 샌드백 신세가 된다 해도, 그런 현우의 처참한 모습에 아무도 신경 써주지 않는대도 학교에 나온 이상 학교가 끝날 때까지 남아 있었던 현우였다. 때문에 이 첫 조퇴는 의미가 크다고 할 수 있었다.

최소한 지금 현우가 아나피에 대해 갖는 이 죄책감과 미안함, 차마 얼굴을 다시 볼 수 없는 부끄러움은 현우 자신의 육체적 고통보다 더 상위에 있는 것이란 의미였으니 말이다.

터덜터덜.

다시 교실에 들어가 가방을 챙겨 나올 생각조차 버린 현우는 여기저기 빨갛고 누렇게 얼룩이 진 교복을 입고 운동장을 가로질러 학교를 벗어나기 시작했다.

그때, 아마도 이런 현우의 모습을 발견한 듯, 현우가 등지고 있는 학교 쪽에서부터 미약한 웅성거림이 전해졌다. 하지만 현우는 그저 앞만 보고 걸을 뿐이었다.

그리고 마침내, 현우가 학교의 정문 앞에 이르렀을 때였다.

빵—!

정확히 현우가 있는 방향을 향해 클랙슨을 울리는 고급 세단 쪽으로 현우의 고개가 돌아갔다.

때마침 차에서도 현우의 모습을 확인한 것인지 차

의 뒷문이 열리며 나타난 사람이 있었다.

"현우 선배!"

상쾌한 미소를 지으며 현우의 이름을 크게 부른 그녀는, 엘프와 비견될 법한 미모의 소녀 서보람이었다.

어떻게 그녀가 이곳에 먼저 나와서 현우를 기다리고 있었는지에 대한 의문을 떠올릴 시간은 없었다. 그녀가 자신을 보고도 멍하니 있는 현우의 손을 잡아끌어 차에 태워버렸기 때문이다.

부르릉―.

그렇게 현우와 서보람이 뒷좌석에 안착함과 동시에 두 사람을 태운 차량은 어디론가 출발하기 시작했다.

그리고 여전히 멍해 있는 현우를 보며 잠시간 말이 없던 서보람이 천천히 입을 열었다.

"많이 미안하신가요?"

"……."

밑도 끝도 없는 서보람의 질문이었지만 그게 무슨 말인지 현우는 잘 알고 있었다. 하지만 그에 대해 대답은 하지 않았다. 감정을 숨기는 것에 익숙해진 현우의 버릇 탓이기도 했고, 그와 관련한 말을 별로 하고 싶지 않다는 의지 표현이기도 했다.

"……."

묵묵부답. 아무런 반응을 하지 않는 현우를 보며 서보람은 조용히 한숨을 내쉬었다.

"저도… 그 기분 잘 알고 있어요."

스윽-.

서보람의 말에 현우의 고개가 조금 움직여 그녀의 얼굴을 향했다.

현우가 자신의 말에 관심을 갖는다는 것을 깨달은 서보람의 입가에 방긋, 조금은 처량한 웃음이 떠올랐다.

"저도… 정말 많이 미안한 사람이 있는걸요."

눈을 마주친 채 조금 떨리는 목소리로 말을 하는 서보람은 조금은 상기된 얼굴이었다.

언제나, 누구 앞에서나 당당한 그녀였지만… 현우 앞에서 만큼은 평소와 같은 자기 관리가 잘 안 되는 그녀였다.

"그게 누군지는 물어도 대답하지 않겠지?"

현우는 당연히 그럴 것이라는 듯 확정짓듯 말했지만 돌아온 대답은 뜻밖이었다.

"……아뇨, 선배가 원하신다면… 말씀드릴 거예요. 물론 진심으로 원한다면 말이에요."

약간 놀란 듯 눈을 조금 크게 뜬 현우는 잠시 고심하는가 싶더니, 이내 고개를 잘게 저으며 말했다.

"아니, 그건 안 듣는 편이 좋겠군."

흠칫!

현우의 대답이 의외였던 걸까? 지금 같은 상황이라면 서로의 아픔을 공유하고 공감하고자 응당 물어볼 것이라 대답한 그녀 자신의 생각이 안일했던 것일까?

어느 쪽이든 간에 현우에게 자신이 미안해하는 대상을 말하기에 앞서 마음을 다잡고 있던 그녀는 실망인지 안도감인지 모를 무언가에 몸을 축 늘어뜨렸다.

그때 현우가 다시 한 번 입을 열었다.

"네가 미안해하는 대상에겐… 더 이상 미안해하지 않아도 된다. 그만하면 충분히 받았을 테니까."

확!

마치 모두 알고 있다는 듯, 아무렇지 않게 말하는 현우의 말투에 놀란 서보람의 숙여졌던 머리가 불쑥 솟아오르며 현우의 얼굴을 향했다.

그리고 차에 탄 이래 전혀 바뀌지 않던 현우의 입가에 정체불명의 웃음이 떠오른 것을 확인하고 새빨개진 얼굴로 부끄러움에 몸서리쳤다.

"우… 우우우……!"

피식-.

서보람의 그런 모습을 보며 비웃듯 피식 웃어 보인 현우였지만 웃었던 현우도, 그걸 본 서보람도 그게 비웃음이 아님은 잘 알고 있었다.

"그… 언제부터?"

"뭐, 거의 처음부터였겠지……."

서보람의 달달 떨리는 질문에 담백하게 대답해준 현우였지만, 그런 담백한 대답이 서보람을 더 미치게 만들었다. 처음부터 다 알고 있었다니, 그녀를 놀린 것이나 다름없지 않은가?

어쨌거나 모두가 짐작하겠지만 서보람, 그녀가 미안함을 가진 대상은 바로 현우였다.

현우가 오늘 일로 아나피에 대해 미안함과 죄책감을 느끼고 있다면, 서보람은 체육대회에서 현우에게 구해졌던 그 순간부터 지금까지 깊은 죄책감에 속앓이를 하는 중이었다.

심지어 그런 마음을 고백하기 직전이던 조금 전까지도 도대체 첫 운을 어떻게 떼야 하는지 소민에 고민을 거듭하던 중이었다.

그런데 이렇게 허망하게 용서를 받다니… 현우가
의도한 바는 아닐 테지만 정말 놀림 받은 기분이었다.

이내 부끄러움과 안도감의 사이에서 몸 둘 바를 모
르던 서보람이 팔짱을 끼고 볼을 부풀리곤 입을 열었
다.

뿌우-.

"용서 받은 입장에서 이런 말 하긴 그렇지만…! 흥,
선배도 이렇게 쉽게 용서 받을 수 있을 거라곤 생각하
지 마세요! 흥흥!"

연신 콧방귀를 뀌며 말하는 서보람의 모습은 꽤나
익살스럽고 귀여운 모습이었다. 하지만 현우는 오히
려 씁쓸한 표정이 되어 대답할 뿐이었다.

"그렇게 생각 안 해……."

현우의 씁쓸한 반응에 금세 시무룩해진 서보람은
이내 팔을 귀엽게, 흔들며 현우의 기운을 북돋았다.

"선배 기운내세요! 그래서 제가 찾아왔는걸요!"

"……?"

그래서 찾아왔다니, 의미를 이해하기 힘든 서보람
의 말에 현우의 머리가 갸웃거릴 때쯤, 차가 멈춰선
곳이 있었다.

"……빵 가게?"

"후후. 무려 저희 계열사에서 야심차게 내놓은 새로운 프랜차이즈죠. 이곳은 체인점이긴 하지만 체인점의 점주들은 전부 저희가 실력과 경력을 철저히 검증하고 허가를 내주기 때문에 맛은 확실하답니다."

"그런데 왜 여기에……."

꽤나 유명한 브랜드의 상표를 달고 있는 가게를 두고 당당하게 자기 집안의 것이라고 외치는 소녀를 보면 그녀의 정체에 놀란 반응을 보일만도 하건만, 그저 왜 이곳에 왔는지 궁금해 하는 게 다인 현우를 보며 조금 실망한 서보람이었다. 하지만 이내 그런 내색을 하지 않고 차분히 설명에 나섰다.

"현우 선배는… 델로니어스 양이 빵을 좋아하신다는 걸 알고 있나요?"

"응? 빵을?"

서보람의 말을 듣곤 오히려 반문하며 눈을 데굴데굴 굴리는 모습은 누가 봐도 처음 들어본 이야기라는 듯한 반응이었다.

'그러고 보니 점심때 학교에서 밥을 먹는 것보단 빵을 먹는 경우가 많긴 했지…….'

이제 와 돌이켜보니 확실히 근 4일간 현우를 졸졸 따라다니던 아나피가 함께 밥을 먹었던 것은 비빔밥이 나온 전날 석식뿐이었다.

거기까지 기억해 내자 현우는 문득 떠오르는 게 있었다.

"설마 엘프라서?"

"어머, 못 맞출 줄 알았는데 꽤 예리하신걸요?"

칭찬인지 비꼼인지, 잘 알 수 없는 말이긴 했지만 서보람은 나름대로 감탄을 표했다. 비록 좀 늦기는 하지만 곁에 있을 때 눈치 없다고 답답해할 일은 생각보다 적어 보였으니 말이다.

'앗! 내 정신 좀 봐!'

자신은 현우와 아나피를 화해시킬 생각으로 엘프인 그녀에게 줄 선물을 고르러 왔던 것이었다. 잠시 딴생각을 했다는 것에 대해 잠시 얼굴을 붉힌 서보람은 이내 헛기침을 하고 말을 이어갔다.

"흠흠. 비록 며칠 안 되긴 했지만, 제가 조사한 바에 따르면 그녀는 육식을 하지 않는 것 같았어요. 대부분의 식사는 빵으로 대신했고, 가끔 밥을 먹는 경우엔 반찬에 육류가 없는 날이었으니까요."

"으음⋯⋯."

서보람의 설명을 듣는 현우는 침음성을 흘렸다. 엘프가 채식을 한다는 것은 꽤나 잘 알려진 바였지만, 사실 현우가 아는 대로라면 엘프는 육식을 하는 존재였기 때문이다.

사실 성능이 뛰어날 뿐, 인간과 비슷한 육체 구성을 가진 엘프가 육식을 하지 않고 살아간다는 건 불가능에 가까운 일이었다.

'게다가⋯ 꽤 많이 먹기도 하지.'

사람들에게 많이 알려지기론 엘프가 채식을 하며 소식을 하는 종족이라고 알려지긴 했지만, 현우가 겪어본 많은 엘프들은 본인들만의 주조법으로 만든 독한 술에 고기 안주를 곁들여 먹는, 드워프만큼이나 음주가무를 즐기는 종족이었다.

아니, 오히려 드워프보다 더한 데가 있었다. 보통 평소의 엘프는 다른 사람들 앞에서 금욕적 생활 모습을 보이며 고고한 '척'을 하는 만큼, 가끔가다 술과 고기가 용인되는 날이 되면 그간 못 먹었던 한을 풀기라도 하는 것처럼 고삐 풀린 망아지가 되곤 했기 때문이다.

'뭐⋯ 아나피들도 그럴 거란 보장은 없긴 하지만⋯

어쨌거나 육식을 하지 않는다는 것은 거짓말일 테지.'

"아시겠죠. 빵을 고르실 땐 주로 곡물만으로 만들어진 빵 위주로 고르시고… 과일이 있는 빵이라면 최대한 예쁘게 보이는 걸로 고르세요. 자랑은 아니지만 이곳 체인점의 빵 맛은 누가 뭐래도 최고니까요."

현우가 무슨 생각을 하고 있는지도 모른 채, 자랑이 아니라고 말하는 자랑거리를 담아 빵을 고르는 법에 대해 일장 연설을 늘어놓던 서보람이 이내 빵집에 들어섰다.

딸랑-!

경쾌한 종소리가 울리고 문 근처에 위치한 카운터에서 서보람과 현우를 반기는 목소리가 들려왔다.

"어서 오세요!"

밝은 미소로 손님을 맞이하는 점원을 보면서 만족스러운 미소를 지은 서보람은 현우보다 앞서 점원에게 다가가 말을 걸기 시작했다.

"여기 빵 중에 다른 게 첨가되지 않은 곡물 빵은 어떤 게 있나요?"

서보람이 천진한 얼굴로 점원에게 질문을 하며 미리 생각해 뒀던 빵의 목록과 점원이 말해주는 빵의 목록을 비교하며 점원의 제품 이해도를 조사하는 사이였다.

현우는 빵이 진열된 매대를 쭉쭉 지나 단숨에 소시지며 고기 패티, 햄이 가득한 빵들 앞에 섰다.

그리고.

주섬주섬.

가져온 쟁반위에 종류별로 거침없이 올리기 시작했다.

'아침은 어떻게 먹었는지 모르겠지만, 내가 확인한 사흘간 점심 저녁에 육류를 섭취한 적이 없었다. 만약 아침에도 비슷한 식단이라면 꽤나 굶주렸을 테지……'

이미 아나피가 육식을 하리라는 확신을 갖기 시작한 현우는 아나피의 폭식에 대비해 매대의 제품을 거의 쓸어 넣다시피 쟁반에 얹어 나갔다.

'그러고 보니 눈치를 보느라 앞으로도 육류 섭취가 힘들지도 모르니… 육포 같은 것도 좀 사갈까?'

마침 이곳 빵집이 입주한 상가에는 꽤 커다란 마트가 딸려있었다.

'거기라면 꽤 다양한 게 있을 테지.'

결국 육포까지 사기로 결심하고 판매할 만한 곳까지 떠올린 현우는 빵이 산처럼 쌓인 쟁반을 들고 계산대 앞에 섰다.

그리고 흡족한 얼굴로 점원의 빵 설명을 듣고 있는 서보람 앞에 쟁반을 들이밀었다.

"바쁘신데 죄송하지만 이것 좀 계산해주시겠습니까?"

이 동네에서는 처음 보는 귀여운 소녀에게 빵에 대한 장황한 설명을 늘어놓으며 우쭐거리고 있던 점원은, 자신의 말을 끊는 남자의 목소리에 슬쩍 눈을 흘기다가 쟁반 위에 가득 쌓인 빵을 보고 금세 환한 얼굴이 되었다.

"잠시만요!"

신선도가 생명인 빵을 단숨에 이렇게 많이 팔아치우게 된 것에 싱글벙글한 표정이 된 점원이 쟁반을 들고 가려던 찰나, 서보람이 점원의 손목을 잡았다.

그리고 현우에게 말했다.

"선배! 미쳤어요? 그녀는 이런 걸 먹지 않는다니까요?"

"……아마 먹을걸?"

"아이참! 절대! 절대 그럴 리가 없다구요! 저희가 벌써 일주일이나 확인했는걸요!"

'일주일?'

아나피가 학교를 다닌 건 오늘까지 4일째가 아니었던가, 하는 의문이 떠올랐지만 어차피 그녀 정도의 재력가라면 학교에 오기 전 며칠간의 엘프의 식단을 알아내는 정도는 어려운 게 아니었을 것이다.

'그나저나 이렇게까지 채식을 확신하고 있다는 것은 최소 일주일은 육식을 하지 않았다는 의미일 테니… 더 굶주렸을지도 모르겠는걸?'

서보람의 말을 힌트로 아나피가 일주일간은 채식을 했다는 것을 깨달은 현우가 서보람에게 손목이 잡힌 채 이도저도 못하고 있는 점원에게 말했다.

"그거 빵 종류별로 2개씩만 더 계산해주세요."

현우의 말에 점원의 얼굴은 다시 환하게 변했고, 서보람의 얼굴은 기묘하게 일그러졌다.

결국 얼굴을 일그러뜨리던 서보람은 매장을 빠르게 돌아서 미리 점찍어 뒀던 빵 몇 개를 집어 들고 현우에게 들이밀며 말했다.

"선배! 그녀는 확실히 이런 빵만 먹는다니까요!"

현우는 서보람이 내민 빵의 종류를 확인하고 눈살을 찌푸렸고 심각한 어조로 말했다.

"이건… 정말 심각하군."

"예? 뭐… 물론 저희 같이 평범한 사람이 보기엔 심각하긴 하지만… 어쨌거나 그녀는 채식주의자니까……."

단번에 수긍해버리는 현우는 예상하지 못했는지, 우물쭈물 대답을 하던 서보람에게 단호한 현우의 목소리가 들려왔다.

"아니, 그 얘기가 아니다."

"에?"

심각한 표정으로 말하는 현우의 모습에 압도당한 서보람이 멍청한 소리를 내뱉는 사이, 현우의 시선이 그녀가 들고 온 빵 봉지에 적힌 문구들을 확인했다.

-설탕 무 첨가!

-저탄수화물!

-그리운 옛 맛!

'으으음…. 단순히 고기만 빠진 게 아니라 맛을 첨가하는 것들이 모두 빠진 이런 게 그간 주식이었다니…. 생각보다 훨씬 심각해.'

그렇게 생각을 하며 조금 이따가 육포를 고르는 김에 초콜릿도 몇 가지 같이 사는 게 좋겠다고 생각한 현우는 자신의 계획에 만족하며 고개를 끄덕였다.

"뭐, 뭐예요!"

이유를 알 수 없는 현우의 행동에 당혹감을 느낀 서보람이 현우를 불렀지만 현우는 이내 고개를 돌려 다시 점원에게 말했다.

"조금 전에 말씀드린 대로 계산해주세요."

"예? 옛!"

조금 전, 서보람이 골라온 빵들이 하나같이 첨가물이 전혀 들어가지 않아 상대적으로 가격이 싼 빵임을 확인하고 시무룩해져 있던 점원이었다. 그러나 현우가 처음의 선택을 고수하자 이번에는 잡히지 않겠다는 듯, 재빨리 쟁반을 들고 가 빵들을 포장하기 시작했다.

"아아앗! 에잇! 선배 어쩌시려고 그러세요! 엘프는 저런 거 안 먹는다니까요!"

"아냐, 먹어."

단호하기 짝이 없는 현우의 말에 잠시 멍한 표정을 지은 서보람은 이내, 포기했다는 듯 뾰루퉁한 표정이 되어선 뾰족한 입술을 오물거렸다.

"흥! 만약 안 먹었단 봐라, 흥흥! 델로니어스 양이 아무리 착해도… 흥! 그래도 채식주의자가 육식을……. 흥흥흥!"

그렇게 서보람이 현우의 선택에 대해 구시렁거리고 있을 때, 현우가 그녀를 불렀다.

"……보람아."

"……?"

어쩐지 친근하게 이름만으로 부르는 현우의 목소리에 절로 고개가 돌아간 서보람은 조금 두근거리는 가슴을 팔짱 낀 상태로 슬그머니 눌렀다. 그러곤 목소리의 떨림을 최대한 감춘 채, 최대한 통명스럽게 물었다.

"……왜, 왜요?"

"너, 돈 있니? 난 급하게 나오느라 교실에 지갑을 두고 나와서……."

"……."

서보람의 두근거리던 가슴이 조금 전과는 다른 의미로 빠르게 뛰기 시작했다.

　　　　*　　　　　*　　　　　*

　"어휴 저어엉말~ 어쩌시려고 저러시는 건지."

　결국 현우의 뜻대로 소시지며 햄이 잔뜩 들어간 빵
을 산더미처럼 결제하고 만 서보람은 이내 슈퍼에서
까지 육포와 초콜릿 같은 걸 들고 나오는 현우를 보며
고개를 절레절레 흔들고야 말았다.

　'저게 사과를 하겠다는 건지… 엿을 먹이겠다는 건
지…….'

　똑똑하다곤 하지만 엘프에 대해선 평범한 사람과
다를 바 없는 지식수준을 가진 서보람이었다. 때문에
절대로 사과가 실패할 거라 생각하고 예상을 한 그녀
가 따로 수행원에게 연락을 해서 미리 점찍어둔 빵들
을 구매해 놓으라고 연락을 해놓았다. 덕분에 이따 저
녁 식사에 초대될 아나피가 현우가 사다놓은 빵이나
간식거리에 손을 대지 않는다면 어떻게 해야 하나, 하
는 걱정이 앞섰다.

　'흥, 그러다 제대로 사과 안 받아주면……! 뭐 어
쩌겠어! 인과응보지! 인과응보! 나는 최선을 다했다
고! 흥흥!'

버릇이 되어버릴 것만 같은 콧방귀를 몇 번이고 내뿜은 그녀였지만, 그럼에도 걱정스러운 것은 사실이었다.

'어쩔 수 없지……! 다음 선물이라도 제대로 고르게 하는 수밖에!'

"기사님 가주세요."

어느새 빵과 육포, 초콜릿과 과자가 푸짐하게 들어 있는 봉투를 끌어안고 희미한 미소를 짓고 있는 현우를 보면서 서보람은 다시 한 번 입을 삐죽였다.

'치, 다 내가 사준 건데…….'

그렇게 서보람과 현우를 태운 세단은 그 후로 십 분여를 더 움직인 끝에 다음 목적지에 도착할 수 있었다.

"여긴……?"

먼저 차에서 내린 현우가 도착한 곳의 간판을 올려다보며 중얼거렸다.

- 금은방 -

현우의 뒤를 따라 내린 서보람은 약간의 놀라움을

담고 있는 현우의 중얼거림에 의기양양한 표정으로
말했다.

"후후, 예로부터 여자 하면 보석! 아름다움이야말
로 여성을 매혹하는 가장 완벽한 단어죠! 이번엔 여기
서 델로니어스 양에게 줄 액세서리를 골라봐요."

그렇게 말하며 당당히 금은방 안쪽으로 걸음을 옮
기는 서보람의 뒷모습을 보며 현우의 얼굴은 썩어들
어가고 있었다.

'엘프에게… 보석 장신구라……'

뭐 엘프 간에도 취향이 있기 마련인 만큼 화려한 보
석장신구를 하는 엘프도 있겠지만, 최소한 현우가 아
는 엘프 대다수는 그런 종류의 장신구를 별로 좋아하
지 않았다.

언제나 우거진 수풀을 제집 안방처럼 날렵하게 뛰
어다니는 엘프들에게 있어 화려한 장신구는 여러모로
거추장스러운 물건이었으니 말이다.

'물론 특별한 의미를 담긴 액세서리 같은 걸 간직
하는 경우는 있지만……'

그렇게 아끼고 간직하기만 할 뿐, 그걸 몸에 걸고
다니는 모습은 본적이 없는 현우였다.

'그나마 아나피의 경우는 간단한 장신구 정도는 할 지도 모르겠군.'

사실 이미 그녀의 귀엔 크게 화려하진 않지만 충분 히 포인트가 될 만큼 아름다운 장식품이 걸려있는 상 태였다.

물론 고차원의 통역 마법이 걸린 아티팩트인 만큼, 외형을 따지지 않고 쓰고 있는 것일 터였다. 하지만 보통 사람들이 보기엔 그 장신구를 매우 좋아해서 매 일같이 하고 다니는 것으로밖엔 보이지 않을 터였다.

'뭐, 적당히 너무 거추장스럽지 않은 목걸이 정도 면 괜찮겠지.'

어차피 장신구를 하고 있는 아나피였으니 무난한 목걸이 정도면 괜찮지 않을까 하는 생각을 한 현우였 다. 금은방에 도착하자 신나서 매장 안쪽으로 사라져 버린 서보람을 찾아 안쪽으로 들어서던 현우는 누가 봐도 눈부시게 화려한 목걸이를 들고 신나 하는 서보 람의 모습을 보면서 조용히 시선을 피해 다시 가게 문 쪽으로 향했다.

그때, 서보람이 현우를 큰 목소리로 불렀다.

"현우 오빠!"

언제부터 현우를 선배에서 오빠로 부르기로 한 걸까? 자신을 부르는 목소리에 고개를 돌린 현우는 예의 그 눈부시게 화려한 목걸이를 들고 방방 뛰고 있는 서보람을 보며 작게 한숨을 쉬었다. 그러곤 서보람이 기다리고 있는 쪽으로 향했다.

"오빠! 오빠! 이거 어때요? 진짜 예쁘죠? 그죠?"

"크흠… 그래. 확실히… 화려하긴 하네."

"그렇죠? 이런 거 하면 진짜 무슨 나라의 공주님 같지 않을까요? 이거 저도 어울릴까요?"

"음… 그래, 넌 예쁘니까 뭘 해도 잘 어울릴 거야."

현우의 솔직 담백한 평가에 순간 굳어버렸던 서보람은 이내 달아오른 얼굴로, 갑자기 옳은 말들을 하기 시작했다.

"그, 그렇지만 저흰 오늘 델로니어스 양의 선물을 사러 온 거니까……! 저, 저한테 어울리는 것보다는 델로니어스 양한테 어울리는 걸 골라야겠죠!"

더듬거리며 말을 잇는 서보람을 보며 그 말에 동의한다는 듯 고개를 크게 끄덕인 현우가 말했다.

"그래, 확실히 그녀는 이런 화려한 종류보단 조금 수수한 것이……."

"옛? 아뇨 그렇지 않아요!"

현우가 오랜만에 서보람과 말이 통한다고 생각하던 찰나 현우가 가리키는 약간 넓대대한 타원형 판 하나가 달린 수수함의 극치를 달리는 목걸이를 보면서 서보람이 크게 반발했다.

"델로니어스 양의 미모를 생각한다면, 당연히! 이 정도 화려함은 되어야……!"

그렇게 말하며 그녀가 가리키는 액세서리는 그야말로 진짜 왕족쯤 되는 사람들이 특별한 예식에나 사용하지 않을까 싶은 화려함과 거추장스러움의 극치를 달리는 목걸이였다.

"크흠… 그래… 확실히 그녀는 워낙에 미모가 출중하니 무엇이든 잘 어울릴 테지만… 그래도 이쪽이……."

여전히 자신의 생각을 고수하는 현우를 보며 눈살을 크게 찌푸린 서보람이 대꾸했다.

"오빠, 돈 있어요?"

"……뭐?"

"저는 델로니어스 양에게 '이걸' 선물하고 싶어요."

"크흠……."

물주는 자신이니 자신의 의견을 따르란 말을 한마디로 정리해낸 서보람은 조용해진 현우를 보며 싱글벙글한 표정으로 화려한 목걸이를 선택했다.

'확실히 예쁜 것만 놓고 본다면 그게 나쁘진 않겠지만……'

누가 뭐래도 재벌가의 자식으로 태어나 화려함과 아름다움을 일상에서 쉼 없이 접해왔던 서보람의 심미안은 나쁘지 않았다. 아니, 솔직히 말하자면 굉장히 뛰어난 편이었다.

만약 서보람이 골라준 저 목걸이를 아나피가 하게 된다면 그 시너지에 그녀를 보고 졸도하는 누군가가 나올지도 모르는 일이었다.

하지만… 현우는 아나피의 진짜 취향을 모르더라도 엘프들이 액세서리에 대해 가장 중요하게 생각하는 첫 번째 기준을 잘 알고 있었다. 그것은 여태껏 말한 대로 거추장스럽지 않을 것.

대부분 각자의 마을, 각자의 숲에서 일생을 보내기 마련인 엘프에게 사실 그런 장신구가 유입되는 경우도 드물었다. 애당초 그런 화려한 물건이 유입된다 한들, 어딘가의 선물용으로 쓸지언정 본인들이 사용하는 경우는 드물었다.

그도 그럴 것이 나무와 나무 사이를 오가며 싸움과 사냥을 하는 그들에게 있어서 반짝반짝 빛나는 보석들은 그들의 은폐 엄폐를 방해하고, 이동할 때 소리를 내거나 하는 거추장스러운 물건일 뿐이었다.

그렇기에 엘프들은 대개 액세서리를 잘 착용하지 않았고, 간혹 보이는 장신구는 아나피가 그랬던 것처럼 아티팩트인 경우가 많았다.

'물론 선물인 이상 거절하진 않겠지만……'

현우에게 유달리 친절한 아나피가 사과의 선물로 건넨 물건을 싫어할 리가 없긴 했다. 하지만 그리 좋아하진 않을 것이란 게 뻔한 만큼, 혹여라도 이를 준비한 서보람이 실망할까 싶어 걱정되는 현우였다.

그렇게 금은방의 주인이 물건의 실물을 꺼내들어 서보람에게 소개해주고 있을 때, 현우의 머릿속으로 서보람을 설득할 좋은 핑곗거리가 생각났다.

"흠흠, 보람아?"

"네?"

어쩐지 아까 빵가게에서와 비슷한 뉘앙스로 그녀의 이름을 부르는 현우의 목소리에 살짝 경계를 한 서보람은 현우의 말을 기다렸다.

"음… 내가 잘 생각해 봤는데. 아무래도 그녀에겐 저것보단 이게 나은 것 같아."

여전히 수수한 판떼기가 달린 목걸이를 고집하는 현우를 보며 마침내 서보람이 짜증 섞인 목소리로 말했다.

"휴… 오빠의 사과를 위해 선물을 고르는 중이긴 하지만 제가 말했잖아요… 그렇게 예쁜 얼굴엔 이렇게 화려한 게 어울린다니까요?"

자신의 주장을 꺾을 생각이 없어 보이는 서보람의 모습을 보며 쓴웃음을 지은 현우는 이내 준비한 필살기를 꺼내들었다.

"하지만 보람아, 생각해봐. 그녀는 매일 귀에 우아한 장신구를 하고 있잖아?"

"……그렇죠."

바로 옆자리에 앉은 현우만큼 그녀를 자주 본 것은 아니었지만, 그녀에 대해 충분히 흥미를 가지고 있으니 그 정도는 잘 알고 있는 사실이었다.

"그 장신구에 저렇게 화려한 목걸이가 어울릴까?"

"……아."

현우의 질문에 그제야 알았다는 듯, 서보람의 눈이
크게 뜨였다.

그리고 곧장 고개를 돌려선 진열장에 있는 물건 중
조금 전 골랐던 목걸이와 비슷할 만큼 화려한 귀걸이
한 쌍을 지목하며 말했다.

"저것도 보여주세요!"

"……보람아?"

단숨에 상태를 더 크게 만드는 서보람의 선택에 당
황한 현우는 결국 최후의 수단을 쓰기로 했다.

덥석-.

"꺄악?"

현우의 손에 이끌려 매장의 한 구석으로 몰린 서보
람은 자신을 벽에 몰아넣고 한 팔로 몸을 지탱한 채,
그녀를 내려다보는… 이른 바 '벽쿵'에 당하는 중이
었다. 서보람은 그런 자신을 깨닫자 심박수가 급격히
오르기 시작했다.

'이, 이런 거 만화 같은 데서나 나오는 거 아니었
어? 아님 드라마나……!'

조금 전까지 선물을 고르며 잔뜩 날이 섰던 것도 잊
은 그녀는 잔뜩 긴장한 채 이제 곧 이어질 현우의 뭔지 모를 행동을 기다렸다. 잠시 뒤 조금 전보다 한층 더 가까워진 그녀의 귓가에 현우의 목소리가 들려왔다.

"네가 고른 것들보다 내가 말해준 목걸이를 골라야 하는 이유를 몇 가지 말해줄게, 우선 그녀에게 화려함이 어울린다는 점은 인정하지만 그녀는 그런 게 아니더라도 충분히 아름다운 상태니 굳이……."

"……."

그렇게 시작된 '저게 아닌 저 것을 사야 하는 이유'에 대한 세뇌에 가까운 강론은 그 상태로 한참이 더 이어지다가 마침내 아나피가 귀에 다른 장신구를 하지 않기 때문이라는 것을 마지막 이유로 들며 끝이 났다.

그렇게 장황한 설명을 들은 서보람은 여전히 오락가락하다는 표정으로 진열장 앞에 와서는 기다리고 있던 주인장에게 말했다.

"사장님… 이거 말고… 저기, 저거 주세요."

결국 현우의 의견에 따라 아무런 무늬도 없는 목걸이를 고르게 된 서보람이었다. 그러나 결정을 다 했음에도 몰려오는 찜찜함과 여전히 아나피에겐 화려한 게 어울린다는 생각에 겹쳐져 불만 가능한 표정을 짓고 있었다.

그런데 이때, 진열장에서 목걸이를 꺼내든 금은방 주인이 현우와 서보람을 향해 물었다.

"어떤 무늬를 새겨드릴까요?"

"……?"

"……?"

무슨 말을 하는지 이해하지 못하겠다는 듯 멀뚱히 선 두 남녀에게 주인장이 너털웃음을 지으며 말했다.

"지금 고르신 제품은… 본래 이대로 파는 게 아니라, 이 위에 원하시는 글씨나 무늬를 새겨 넣어 판매하는 물건입니다. 보통 연인 간에 이름을 적어서 커플용으로 쓰이곤 하죠."

"아아… 어쩐지!"

서보람이 보기에 목걸이가 너무 밋밋한 탓에 과연 여성용이 맞는가 하는 의문이 들던 참이었다. 그런데 본래 남성, 여성이 같이 사용하기 위해 나온 디자인이라고 하니 납득이 갔다.

아무래도 커플용이라면 남녀가 같이 쓰기에 무난한 모양이어야 할 테니 말이다.

"흐음… 무늬라……."

어쨌거나 생각지도 못한 부분에서 멈춰버린 선물

고르기였다.

서보람은 여태껏 수수한 디자인만을 고집하던 현우의 눈치를 보며 물었다.

"저기… 오빠, 여기에 무늬를 넣어도 괜찮을까요?"

여태껏 워낙 단호하게 자기주장을 하던 현우였던지라 서보람으로서도 그다지 기대를 하지 않고 물어본 질문이었다.

하지만 의외로 대답은 담백했다.

"그래, 무늬 정도는 있는 것도 괜찮겠다."

"앗! 진짜요?"

놀랐다는 듯 눈을 크게 뜨며 되묻는 서보람을 보며 씨익 웃어 보인 현우가 고개를 끄덕이며 대답을 덧붙여 줬다.

"그래, 그리고 무늬는 아무래도 네가 정하는 게 좋을 거 같군."

화알짝-!

그 말만을 기다렸다는 듯 금세 환해진 얼굴이 된 서보람은 주인과 함께 여러 무늬들을 놓고 하나씩 비교해가며 아나피에게 가장 잘 어울릴 만한 무늬를 찾기 시작했다.

하지만 그것도 잠시.

주인과 대화를 시작한 지 얼마 지나지 않아 무늬가 그려진 책자를 들고 현우 앞에선 서보람이었다.

"으음… 현우 오빠. 현우 오빠가 골라주시는 게 어떨까요?"

"……마음에 드는 무늬가 없는 건가?"

"아뇨, 그런 것보단……."

현우에게 책자를 건네며 조금 우물쭈물거리던 서보람은 이내 말문을 열었다.

"아무래도… 현우 오빠가 델로니어스 양에게 사과를 구하기 위해 준비하는 선물이니까… 그 오빠가 직접 골라주는 게… 더 의미가 있지 않을까 해서요……."

"흐음… 그래?"

확실히 일리 있는 말이라는 생각에 고개를 끄덕인 현우는 책자를 펼쳐들고 하나씩 무늬를 구경하던 중 책자 구석에 적힌 '손글씨'라는 것을 발견하고 사장에게 물었다.

"혹시 여기에 적힌 손글씨란 게… 직접 원하는 내용을 새길 수 있다는 건가요?"

"그렇습니다. 여기 컴퓨터에 원하는 글씨를 써넣으

면 기계가 거기에 적힌 내용을 고대로 복사해서 새겨 넣는 방식입니다. 그렇게 해드릴까요?"

사장의 질문에 잠시 고민하던 현우는 다시 한 번 사장에게 물었다.

"만약… 제가 좀 복잡한 그림을 그린다고 했을 때 그 재현율은 얼마나 됩니까?"

"하하, 컴퓨터에 등록된 이상 실물 재현율은 100％입니다. 누가 뭐래도 컴퓨터와 기계가 하는 일인데, 오차가 있을 수 없죠."

"그렇습니까……?"

한 치에 오차도 없음을 확신하는 사장의 말에 다시 장고에 빠진 현우는 이내 사장에게 말했다.

"그렇다면 제가 직접 그리도록 하겠습니다."

"탁월한 선택이십니다. 누군가에게 선물을 하실 거라면 아무래도 직접 의미 있는 글귀 같은 걸 넣는 게 더 좋겠죠!"

아마도 현우와 서보람의 대화에서 이 목걸이가 다른 누군가에게 선물할 것이란 것을 들은 것인지 사장은 연신 현우의 선택을 칭찬했다.

그리고.

"자, 여기서 원하시는 무늬를 그리면 모니터에 그 모양이 나타날 겁니다. 다 완성되시거든 저를 불러주시면 됩니다."

"네, 알겠습니다."

그 말을 끝으로 현우와 서보람을 남겨둔 채 다른 진열장으로 향하는 사장을 보던 서보람이 현우에게 물었다.

"저기, 오빠. 무슨 무늬를 그릴 거야?"

"흠… 그보다 말이지."

"……?"

어쩐지 조금 굳어있는 현우의 얼굴에 고개를 갸웃거린 서보람은 차분히 현우의 다음 말을 기다렸다.

"혹시 이거 하나 더 살 수 있을까? 오늘 사는 물건들은 사과의 의미로 모두 네가 사기로 했지만… 이건 내가 개인적으로 구입하는 걸로 하고 돈을 좀 빌려줬으면 좋겠는데."

"에에? 난 또 뭐라고. 그런 거 정도야 얼마든지 더 사도 괜찮아. 이런 거 몇 개를 사도 내가 맨 처음에 사려고 했던 거의 반값도 안 되는걸."

고작 그런 일로 그렇게 얼굴을 굳혔냐는 듯, 태평하

게 대꾸하는 서보람을 보면서 여전히 얼굴을 굳힌 현
우가 말했다.

"아니, 2개째는 빌려주는 것으로 충분해. 개인적으
로 선물하고 싶은 사람이 있어서 그런 것뿐이니까."

"…그렇다면야, 뭐."

개인적으로 따로 선물하고 싶은 사람이 있어서 그
렇다는 데야 서보람도 말릴 수 없었다.

무엇보다 누군지도 모르는 현우의 지인에게 돈을
쓰는 것은 왠지 아까웠다.

아니, 물론 현우가 원한다면 현우의 주변사람들에
게 목걸이 하나 선물하는 거야 어려운 일이 전혀 아니
었지만…. 그래도 남잔지 여잔지도 모르지 않는가?

'그래, 여자만 아니라면… 그냥 내가 사줘도 괜찮
은…….'

그녀가 그렇게 딴생각을 하고 있을 때, 하나 더 사
도 괜찮다는 말을 들은 현우의 손은 컴퓨터에 그림을
인식시키는 태블릿 위를 날듯이 움직이고 있었다.

"……와아."

어느새 컴퓨터 화면에 기묘한 형태의 무늬가 가득
해졌고, 잠시 뒤에는 그 무늬와 절묘하게 연계되는 완

벽한 직선들이 화면을 수놓았다.

"이게 무슨……."

현우가 그리고 있는 무늬는 진열장에 있는 컴퓨터 화면으로 함께 공유가 되기 때문에 현우의 그림이 완성되어가는 동안 진열장에서 모니터를 통해 그림을 확인한 사장도, 바로 옆에서 그림의 탄생을 목격한 서보람도 한동안 말을 잃었다.

화려하되 천박하지 않고, 일견 난잡해 보이되 자세히 보면 일정한 질서가 느껴지는 그 기묘한 그림이었다. 그 그림은 마치 일렁이며 타오르는 불꽃처럼, 보는 사람의 마음을 끌어당기는 아주 특별한 마력을 뽐내고 있었다.

현우는 이마 한가득 흐르는 땀방울을 팔목으로 슥 문질러 닦아내며, 말했다.

"자, 하나 끝. 이대로 뽑아주시면 됩니다."

"아! 네, 넷!"

조금 떨어진 진열장에서 모니터에 시선을 고정하고 있던 사장은 현우가 부르는 목소리에 그제야 정신을 차리고 현우가 고른 목걸이를 무늬를 새겨주는 기계 안에 넣었다.

지이잉- 지잉- 지이이잉! 칙!

한동안 요란한 소리를 내던 기계는 몇 분 뒤 안에 넣었던 목걸이를 뱉어냈고 목걸이에 새겨진 무늬를 세심하게 확인한 현우는 쥐고 있던 목걸이의 한가운데를 잠시 꾹 누르더니, 이내 만족스러운 표정으로 그걸 서보람에게 건넸다.

"자, 받아라."

"……?"

"오늘 나를 도와준 답례다."

"에, 에에엑?"

생각도 하지 못했다는 듯, 뜻밖의 선물을 받은 서보람은 눈을 크게 떴고, 새빨갛게 변한 얼굴로 목걸이와 현우만을 번갈아 쳐다볼 뿐이었다.

"뭐, 너야 그보다 화려한 목걸이가 많겠지만… 너에겐 내가 준 목걸이를 차고 다니는 걸 권하고 싶다."

"그, 그야 당연하죠! 저, 저는 앞으로 평생 이것만 차고 다닐 건데요!"

"뭐… 그래 주면야 더 고맙고."

현우는 손에 들린 목걸이를 보며 감격에 차있는 서보람을 보며 웃어보였다.

그리고 그녀가 쥐고 있는 목걸이의 효능에 대해 떠올렸다.

'실드 마법… 생각보다 목걸이 면적이 넓어서 꽤 강력한 걸 새길 수 있었지. 앞으로 저걸 차고 다닌다면 최소 3번은 목숨을 구할 수 있을 터.'

그랬다 현우가 목걸이에 새겨 넣은 그림은 현우 본인이 직접 개량한 마법진을 최대로 활용한 실드 마법진이었다.

기반이 되는 실드 마법은 2클래스의 평범한 마법이었지만 현우의 특별한 노하우가 가득 들어간 실드 마법은 따로 시동어를 외치거나 하지 않더라고 일정 수준 이상의 속도, 부피, 질량을 측정해 착용자에게 위협이 될 만한 순간 자동으로 발동하는 방식이었다.

게다가 이 자동 발동까지 걸리는 계산 처리 속도가 어찌나 빠른지, 만약 10미터 앞에서 총을 쏜다고 해도 3발의 총알까지는 막아 줄 수 있을 터였다.

'물론 재질의 한계상 반영구적으로 사용하는 건 불가능하지만…….'

본디 아티팩트라는 것은 마나를 잘 수용할 수 있는 질 좋은 보석과, 뛰어난 마법사의 실력으로 이루어지는 마도 공학의 결정체였다.

하지만 지금 현우가 고른 목걸이는 백금으로 된 제품이었고, 널찍한 면이 마법진을 새기기엔 용이했다. 하지만 마법진에 마나를 지속적으로 공급해줄 코어 보석이 없었기에, 세 번 사용을 하고 난 다음엔 평범한 목걸이가 될 수밖에 없었다.

"자, 그럼 다음 것도 만들어 볼까?"

"헉!"

"네? 같은 걸로 하나 더 만드는 거 아니었나요?"

"감사와 사과, 각각 다른 의미를 전하는데… 같은 의미의 무늬를 줄 수는 없지."

마치 그저 아름답게만 보이는 그림에 무언가 의미가 있다는 듯한 현우의 말에 서보람이 물었다.

"그, 그럼 제건 감사의 의미가 담긴 무늬인건가요?"

"네 건 정확히 말하자면… '내가 대신 지켜주겠다' 라는 의미라고 생각하면 돼."

실드에 들어가는 룬어의 풀이를 그대로 읽어준 것뿐이었지만 현우의 대답을 들은 서보람의 얼굴은 좀 전보다 훨씬 더 발갛게 달아올랐다.

하지만 현우는 서보람이 그러거나 말거나 곧장 작

업에 착수했다.

 별거 아닌 척하긴 했지만 사실 현우로서도 이런 물건을 만드는 게 쉬운 일은 아닌 탓이었다.

 특히나…….

 '지금 내 정신을 억누르고 있는 데 드는 힘이 너무 크단 말이지.'

 여태 말은 안했지만 자신의 이상함의 원인을 이곳에 오는 내내 고민하면서 어느 정도 정답에 가까이 온 현우였다.

 그리고 그중 가장 문제가 되는 게 자신의 정신과 관련한 부분이란 것을 깨닫고, 스스로에게 수겹의 정신 방벽을 만들어 자신의 무의식이 의식보다 앞서지 못하게 조절하는 중이었다.

 그 말인 즉, 지금 현우는 꽤나 무리해서 이 작업을 하는 중이라는 얘기였다.

 '그래도 기왕지사 사과 선물을 만드는 거… 확실하게 만들어주는 게 좋겠지.'

 조금은 창백하게 질린 현우의 얼굴 위로 송골송골, 땀방울이 맺혀갔다.

 '방어마법은… 별 의미 없겠지.'

마법진의 기본형을 그려 넣던 현우의 생각이었다.

다른 세상이라면 모를까, 몬스터도 없고, 법으로부터 철저히 보호 받는 그녀를 위협할 만한 것은 별로 없었다. 그에 반해 서보람에게 실드 마법을 준 것은 엘프인 아나피와 달리 그녀는 달리 몸을 지킬 방법이 없다는 생각에서였다.

'공격 마법도 마찬가지고… 그럼 역시 보조마법 계열인가?'

하지만 어지간한 마법이라면 아나피도 사용할 수 있을 터, 평범한 마법으론 아나피에게 도움이 되기 어려웠다.

'흠… 그렇다면 역시 그거려나?'

현우는 이내 거침없이 마법진을 그려나갔고, 조금 전 서보람에게 줬던 것 보다 조금 덜 화려하지만 어쩐지 우아함이 느껴지는 문양을 완성할 수 있었다.

이전의 무늬가 화려한 불꽃의 형상이었다면, 지금의 무늬는 활짝 피기 전 봉오리 진 고귀한 꽃의 모습과도 같다고 할 수 있었다.

"우, 우와아아……."

그 완성도 높은 아름다움에 서보람의 입이 쩍 벌어

지는 것을 본체만체 지나간 현우는, 마찬가지로 같은 표정을 짓고 있는 사장을 깨워 무늬를 새기게 했다.

그리고 서보람 때와 마찬가지로 구석구석 꼼꼼히 살핀 뒤, 처음과는 조금 다르게 중간이 아닌 무늬의 주변을 꾹꾹 눌러본 후에야 포장을 맡겼다.

그 사이, 현우는 자신이 그려둔 마법진 파일을 제거했다. 비록 현우의 스타일로 암호화한 데다 이 마법진이 아티팩트에 제대로 부여되기 위해선 현우가 설정해둔 특별한 설정이 필요했지만, 혹여라도 이게 마법진임을 알아보는 사람이 있을지도 모르는 일이니 지워두는 게 맞았다.

그렇게 금은방 주인의 아쉬움 담긴 시선을 받으며 가게를 나온 현우와 서보람은 곧장 도로 학교로 돌아갈 것이라 생각했던 현우의 생각과 달리 서보람의 집으로 향했다.

'대저택이로군.'

도심 한복판에 이런 곳이 있는 게 비현실적이라 느껴질 만큼 널따란 부지였다.

화려하게 꾸며진 정원과 정문에서부터 집까지 들어가는 도로를 장식한 가로수, 그리고 그 길 끝에 보이는 화려하게 치장된 고풍스러운 저택은 마치 칼롯 코즈너의 세상에서 보았던 대귀족의 집처럼 보였다.

그렇게 집인지 아니면 중세시대의 유물인지 모를 거대한 저택에 들어선 현우는, 싱글벙글하며 현우를 직접 안내해준 서보람이 알려준 방에서 쉬기로 했다.

'그나저나… 아나피를 오늘 이곳에 초대하겠다니…. 아무리 대단한 재력가라지만 그게 가능한 건가?'

애당초 교류 엘프의 모든 스케줄은 교류 엘프 본인이 결정하는 바, 누가 초대를 하든 초청을 하든 가고 안 가고는 엘프 본인의 마음이었다.

대한민국에서 알아주는 재력가라곤 하지만 그런 교류 엘프를 마음대로 오라 가라 할 수 없다는 것이었다.

"뭐… 이만큼이나 대단한 집 딸이 호언장담을 했으니 무언가 방법이 있는 거겠지."

현우는 자신을 포함한 3인 가족이 살고 있는 집과 비슷한 크기의 거대한 방에 있는, 커다란 방에 어울리는 커다란 침대에 드러누우며 오늘까지 있었던 일을 되새겼다.

그러다 중얼거렸다.

"……천하의 칼롯 코즈너가 정신착란이라니…. 저

쪽 세상에서 나한테 얻어터지고 마계 문을 도로 닫았던 벨로루폰이 들었다면 땅을 치고 통곡하겠군."

벨로루폰은 현우가 칼롯 코즈너이던 세상 기준으로 200년 전에 중간계를 침공한 마왕으로, 정신계 마법이 특기인 대마족이었다.

그는 수백 년간 자신의 정신계마법을 갈고닦아 마계에서 힘을 길러왔으며, 언젠가 중간계로 나아가 대륙의 모든 지적 생명체가 자신을 섬기도록 조종하여 마신이 되는 원대한 계획을 가진 꿈이 큰 마왕이었다.

그리고… 등장과 함께 사라진, 역사서에서 가장 짧게 묘사되는 마왕이기도 했다.

당시 마왕 벨로루폰은 마신이 될 생각에 부푼 마음을 가지고 중간계를 침공했다. 그러나 그 당시 9클래스에 오른 지 수십 년 되었음에도 제대로 된 9클래스 마법을 사용할 곳이 없어 하릴없이 대륙 곳곳을 돌아다니며 마법 사용처를 찾던 칼롯 코즈너를 맞닥뜨리게 되었고, 그 결과는… 일방적인 폭행이었다.

인간으로서 완벽에 가까운 칼롯 코즈너에게 통할 리 없는 정신계 마법을 열심히 뿌려대면서 억울함에 뜨거운 눈물을 흘리던 벨로루폰이었다. 그런 완벽한 정신체였던 칼롯 코즈너가 저 혼자 정신착란을 일으켰다고 한다면, 지금쯤 마계의 자연으로 돌아갔을 그가 관 뚜껑을 열고 벌떡 일어날지도 모르는 일이었다.

'그래도 해결 못할 것은 아니니까.'

지금까지 꽤 많은 문제를 일으킨 정신착란이었지만 사실 현우는 자신의 몸에 일어난 일에 대해 이미 깊이 짐작하는 바가 있었다.

여태껏 애써 무시해온 부분이었지만… 아마도 이 세상에 온 후 어느 순간을 기점으로 완전히 잠적해버린 현우의 법칙을 다루는 힘이 문제였으리라.

비록 다른 세상이긴 했지만 똑같이 마법이 존재하는 이곳 세상도 마찬가지로, 법칙을 다루는 데 필요한 최소한의 자격 요건은 7클래스에 오르는 것이었다. 그리고 이러한 세상의 인정을 받은 법칙 조종자의 힘을, 처음 이 세계에서 깨어났던 당시 현우는 분명 느끼고 있었다.

그랬기에 자신이 있는 곳이 꿈이라 생각했던 것이고, 처음 불이 켜지지 않았을 때도 그저 수백 년에 한 번 일어날까 말까 한 해프닝 정도로 생각을 했던 것이었다.

누가 뭐래도 그에겐 법칙을 다룰 수 있는 자격이 있었기 때문이다.

하지만 법칙을 사용할 수 있는 권한만 가지고 있되, 이를 사용하기 위한 마나를 잃은 현우의 감각에서 법칙의 힘은 점차로 사라지게 되었다. 그리고 어느 순간을 기점으로 그 힘 자체를 느낄 수 없게 되었다.

즉, 완전히 상실을 하게 된 것이었다.

하지만 현우는 이를 느끼지 못할 뿐, 어딘가에 있을 것이라 굳게 믿고 있었다.

그도 그럴 것이, 이 세계에 온 처음에는 느낄 수 있던 것이 현우가 7클래스급의 마나를 움직일 수 없다는 게 확인된 순간부터 점차적으로 사라졌다는 것은, 최소한 현우가 가진 마법 상식에선 불가능한 일이었기 때문이다.

그 때문에 현우는 자신의 힘이 사라진 게 아니라 느낄 수 없게 된 것뿐이라고 생각하고 있었다.

현우가 7클래스급 마나를 모으면 자연스레 돌려받게 될 힘이라고 생각했던 것이다.

하지만 며칠 전, 세상의 시스템과 대립각을 세웠던 현우는 위기 상황 속에서 몸의 기억에 의존하여 잠시간 그 힘을 끌어낸 것이 틀림없었다.

그렇지 않고서야 당시 현우를 공격해온 세상의 법칙을 막아낼 방법이 없었으니 말이다.

'그땐 참 나도 황당한 생각을 했군…. 단순히 정신 방벽 덕분에 법칙의 기억 소거를 막을 수 있었다고 생각했으니 말이야.'

당시 그렇게 생각했던 것조차 실은 현우가 칼롯 코즈너의 힘을 끌어낸 탓이었다. 하지만 현우는 여전히 잃어버렸던 힘의 일부를 잠시 끌어 쓴 것으로만 알고 있었다.

'그때가 시발점이었을 테지.'

그날을 기점으로 현우는 기면증 내지는 몽유병 환자가 현실과 꿈을 혼동하는 것처럼 느끼기 시작했으니, 그날의 영향이 있었음을 따로 확인할 필요조차 없었다.

그렇게 무의식이 의식을 대체하는 순간, 평소의 현우로서는 상상도 할 수 없는 이상한 행동들이 튀어나오기 시작했다. 그래서 옛날의 악연으로 갖게 된 엘프에 대한 악감정이 아나피를 통해 쏟아져 나온 것임에 틀림없었다.

그리고 이런 현우의 추리는 상당히 많은 부분이 정답이었다.

다만 정신착란이 오게 된 결정적인 계기는 이미 권한을 가지고 있던 힘을 끌어 쓴 탓이 아니라 기억에 남겨진 트라우마 때문이었다는 것. 그리고 단순히 힘을 끌어다 쓴 부작용이 문제가 아니라, 완벽하게 깨어나지 못한 칼롯 코즈너의 정신이 깜빡깜빡 전원이 들어왔다 나갔다하는 과정에서 생겨난 일이란 것만이 다를 뿐이었다.

'원인은 전부 알아냈으니… 이제 해결하는 것만 남았는데…….'

하지만 사실 이런 원인 관계만 파악했을 뿐, 아직 이를 해결할 방법에 대해서는 떠오른 게 없는 현우였다.

그도 그럴 것이 이 사태의 가장 중요한 열쇠가 되는 법칙을 다루는 힘은 현재의 현우로선 느낄 수도, 다룰 수도 없는 힘이었다.

물론 사흘 전에 자격이 부족한 상태에서 힘을 끌어내긴 했지만, 애당초 우연의 일치였을 뿐이었다. 이를 직접 조종하는 것은 무리였다.

'게다가 어떻게든 끌어낸다고 해도… 아직 어떻게

할지도 정하지 못했고 말이지.'

가장 좋은 방법은 정식으로 법칙을 다룰 수 있게 되는 7클래스의 경지에 오르는 것이지만, 얼마 전 힘을 꺼내 쓴 부작용(?)으로 6클래스급에 오른 현우의 마나 지배력도 7클래스와는 까마득히 멀리 떨어진 수준이었다.

"그나마 가장 좋은 방법은… 최대한 뇌를 쉬게 하는 것일 테지."

일상생활 도중 자신이 의식을 잃으면 무의식이 튀어나와 이상 행동을 한다는 것을 알았다. 이게 과도한 힘의 사용으로 인해 인지하지 못하는 정신적 피로감이 생겨 나타나는 현상이라는 것을 알게 된 현우가 할 수 있는 유일한 대응책은, 피곤해진 정신을 쉬게 하는 것밖엔 없었다.

'그럼 괜히 아나피가 왔을 때 이상한 일이 생기지 않게… 좀 자둬야겠군.'

현우는 제대로 느끼고 있지 못했지만, 사실 현재 현우의 뇌는 이미 과부화될 대로 과부화된 상태였다.

오늘만 해도 학교에서 여러 번 정신이 오락가락하는 와중에 그런 일이 벌어져 있었던 것이다. 그 뒤로 자신의 몸 상태가 이상함을 느낀 현우가 바짝 긴장한 상태로 정신 방벽을 공고히 하며 유지하고 있었기에 지금까지 정상일 수 있었던 것이다.

거기에다, 아까 굉장한 집중력을 요하는 마법진 작업까지 하지 않았던가?

이미 휴식할 타이밍을 한참이나 지난 현우의 뇌는 빨리 휴식을 달라고 아우성치는 중이었다.

'아나피가 올 때쯤이면… 알아서 깨우러 오겠지…….'

속 편한 생각을 하며 눈을 감은 현우는 이내 까무룩, 깊은 잠에 빠졌다.

6.

습격

서보람의 호언장담대로 아나피가 참석한 그날의
저녁는 참으로 호화스럽고 즐거운 시간이었다.

　　그녀는 현우가 골라온 빵들을 맛있게 먹었으며, 서
보람이 몰래 공수해온 빵도 맛있게 먹었다.

　　뿐만 아니라 사과를 위해 준비한 목걸이를 건넸을
때, 아나피는 실습실에서와 달리 기쁨의 눈물을 잔뜩
흘렸다.

　　"아나피. 그걸 목에 걸어봐."

　　"이, 이걸요?"

　　"맞아요. 델로니어스 양! 목걸이 같은 건 선물 받

은 즉시 해보는 게 좋아요."

서보람의 거들기에 어색한 미소를 지은 아나피는
어설픈 손길로 목에 목걸이를 걸고자 했다.

하지만 난생처음 목걸이를 해보는 그녀로선 목걸
이를 목에 거는 것이 영 어렵기만 했다.

그때, 현우가 도우미로 나섰다.

"쥐 봐, 내가 대신 걸어주지."

그녀의 손에 쥐어진 목걸이를 들어 그녀의 목에 걸
어준 현우는 조용히 아나피에게만 들릴 목소리로 말
했다.

"그거에 마나를 조금 불어넣어봐."

"마, 마나를요?"

사물에 마나를 불어 넣는다는 것은 그 물건이 곧
아티팩트라는 의미. 굉장히 아름다운 무늬가 음각되
어 있을 뿐인 목걸이가 아티팩트라고 생각하니 너무
도 놀라웠다.

아나피는 곧 목걸이에 마나를 주입했고, 순간 그녀
의 몸 주변으로 옅은 푸른빛이 나타났다 사라졌다.

와아-!

짝짝짝짝!

"멋져요!"

그 푸른 불빛이 아티팩트의 발동 현상인 줄은 추호도 모르는 평범한 사람들은, 그저 선물을 받은 아나피가 약간의 퍼포먼스를 보였다고 생각하고 잔뜩 박수를 쳐댔다.

그때, 현우가 아나피에게 감상을 물었다.

"어때?"

"이, 이건… 정말 대단해요."

분명 대한민국의 도심에 위치한, 거대 저택이 바로 지금 아나피가 있는 위치였다.

비록 이 주변은 자연이 꽤 잘 보존된 데다 널찍한 인공공원도 있어서 상대적으로 더 좋은 상태긴 했지만, 사실 원래 아나피의 부족이 살던 남아메리카의 깊은 밀림의 공기와는 많은 차이가 있었다.

하지만, 현우가 준 아티팩트에 마나를 불어넣자 모든 것이 달라졌다.

조금은 텁텁하게 느껴지던 공기도, 흐린 하늘에 어둡게만 보이던 달빛조차도 모든 것이 더 선명하게 보였다.

─이, 이게 대체 어떻게 된 건가요?

주변을 의식했는지 놀란 와중에도 현우와의 약속을 지키기 위해 메시지 마법을 사용하는 아나피였다.

그런 그녀의 놀라워하는 모습에 슬그머니 미소를 짓고 있던 현우가 아티팩트에 대한 설명을 덧붙였다.

-사실 걸려있는 마법만 보면 그다지 대단할 건 없는 아티팩트다. 군이 따지자면 서보람에게 걸어준 실드보다 한 단계 아래의 마법이기도 하지. 거기에 걸어둔 마법은 주변의 공기를 정화시키는 정화마법과, 착용자의 몸 주변의 마나 밀도를 높이는 간단한 마법이지. 그리고 아마 시야가 맑게 보일 건데, 이건 정화 마법으로 깨끗해진 공기층과 네 주변에 몰려든 마나가 시너지를 일으켜서 생기는 일종의 신체 능력이 상승하는 현상이야. 엘프들은 숲의 공기 속에서 더 힘을 얻는다지? 평상시에 켜놓고 다닌다면 아마 꽤 도움이 될 거다.

-아… 아아아…….

현우의 설명을 다 들은 아나피는 감격했는지 다시 한 번 뜨거운 눈물을 흘리고 있었다.

현우가 새겨둔 마법들 모두가 엘프인 아나피를 배려하는 마법이었으니, 교류 엘프로 세상에 나와 외롭던 세상에서 처음으로 받아본, 진정 엘프를 위한 배려였다.

아나피는 단숨에 현우에게 달려와 처음 만날 그날처럼 자신의 이마를 현우의 이마에 갖다 댔다.

원래 원칙대로라면 사과를 해야 하는 현우가 아나피의 머리에 이마를 갖다 대야 했지만, 이미 그런 걸 따지기엔 너무 흥분해 있는 아나피였다.

현우는 코앞에서 눈을 꼭 감은 채, 마나를 내뿜을 준비를 하는 아나피를 보며 빙그레 웃어 보였다.

눈을 감고 있던 아나피도 마찬가지로 빙그레 웃어 보였다.

'응? 내가 웃는 줄은 어떻게 안 거지?'

그냥 감이었던 걸까? 아니면 우연찮게 현우가 웃는 타이밍에 같이 웃게 된 것일까.

뭐, 어느 쪽이든 좋았다.

지금은 누가 뭐래도 즐겁고 행복한 시간이니까.

일평생 김현우라는 이름 아래 자신의 진심이 왜곡되어 왔던 현우에게, 처음으로 비밀까지 공유하는 친구가 생긴 순간이었으니까.

이마를 맞댄 현우는 기쁜 눈으로 아나피를 바라봤고.

그 순간 보게 된 흰자위 없이 새까만 눈도.

현우의 눈을 마주했다.

"으, 으아아악!"

벌떡!

현우는 땀에 푹 젖은 몰골로 누워있던 침대에서 벌떡 일어났다.

"꾸… 꿈이었나?"

소름끼치도록 생생하고, 무서운 꿈이었다.

모든 것이 완벽하고 즐겁다고 생각한 순간, 그 모든 것을 망가뜨리던 아나피의 흰자위 없이 까맣기만 한 눈동자는… 어쩐지 익숙하면서도 역겨움을 자아내는 모습이었다.

절레절레-.

더 이상 떠올리고 싶지 않은 악몽의 한 장면을 지워버리기 위해 현우는 시계를 찾았다.

"후… 후우… 지금이 몇 시인 거지?"

해가 떠 있을 때 서보람으로부터 방의 안내를 받고 들어 왔던 걸로 기억하는데, 어느새 창문으로 보이는 하늘엔 휘영청 밝은 달이 떠있었다.

'약속 시간이 아직 안 된 건가? 그리고 보니 옷도 도착하지 않았군.'

이 저택에 도착하자마자 현우는 여전히 토사물 자국이 얼룩덜룩한 교복을 뺏겼다.

대신에 받은 옷이 이곳 저택의 남자 고용인의 옷. 고용인의 키가 꽤 큰 편이었는지 그다지 불편하지 않았았다.

하지만 서보람은 기어코 저녁때는 따로 옷을 가져다주겠다고 말했었다.

그러니 새 옷도, 깨우러온 사람도 도착하지 않은 지금은 아직 약속시간이 아닌 게 분명했다.

'목이 좀 마른데……'

악몽을 꾼 탓일까, 아니면 땀으로 너무 많은 수분을 배출한 탓일까?

현우는 목이 칼칼함에 물을 찾아 문을 나섰다.

방 안에 화장실이 있기야 했지만, 아무리 목이 말라도 수돗물을 마시기엔 찝찝했던 것이다.

철컥– 끼이이익–.

이렇게 좋은 저택에도 제대로 관리가 안 된 곳이 존재하는 걸까, 현우가 문을 열자 방의 크기에 걸맞은 커다란 문이 천천히 열리며 거친 마찰음을 냈다.

"으음… 여기가 꽤 안쪽 방이었지?"

저택의 규모에 걸맞은 긴 복도엔, 왜인지는 모르겠으나 형광등이 아닌 촛불들이 복도를 밝히고 있었다.

그런 복도의 모습이 꽤 이상한 그림이긴 했다. 하지만 저택의 콘셉트가 중세의 귀족가라면 이해 못할 정도는 아니었기에, 현우는 그냥 복도를 따라 걸었다.

"…그런데 다들 어디 간 거지?"

비록 이 저택이 넓다곤 하지만, 그 넓이만큼이나 많은 사람이 이곳을 관리하고 있었다.

아까 낮에 저택에 들어올 때만 해도 저택을 안내받으면서 본 응접실이며 로비엔 많은 사람들이 바쁘게 오가고 있었다.

'다 퇴근한 건가?'

시간이 늦었으니 그럴 가능성도 있었지만… 그렇다고 보기엔 어쩐지 이 복도는 너무 조용했다.

그리고.

"……이 복도, 이렇게까지 길었던가?"

현우의 기억이 맞다면, 분명 이곳 저택의 정문으로부터 이곳 건물까지의 거리는 꽤 길었던 게 분명하다.

하지만 건물 자체는 그래도 사람이 한 방향으로 1분 정도를 걸으면 막다른 벽에 도달할 정도는 되었다.

그런데 어째선지 현우는 문을 나선 내내 한 방향으로 걷고 있음에도 아직까지 벽을 만나지 못하고 있었다.

"……설마."

정체불명의 불안감이 마음을 스치는 순간, 현우는 곧장 뒤돌아서 자신이 왔던 방향을 향해 달려 나갔다.

그러나.

'이번에도 벽이 없다…….'

그저 끝도 없이 복도만이 보이는 이 이상한 복도에서 현우는 무엇이 잘못된 것인지 찾기 시작했다.

'마나는… 감지되지 않는군.'

마법에 의한 작용은 아니란 의미였다.

'그렇다면 환상일까?'

현우는 다시 한 방향으로 걸어 나가며 벽이며 바닥, 심지어 촛불의 불꽃마저도 하나씩 두드리고 만져보며 그 촉감을 확인했다.

'전부 실제 물건이다.'

하지만 사람의 감각을 속이는 마법은 꽤 많은 종류가 있었다.

다만 마법을 걸기가 까다롭고 그에 들어가는 마나가 동급의 공격마법 서너 발을 날리는 수준인 만큼, 마나 효율이 지독히도 떨어진다는 점이 큰 단점이었다.

하지만 그것만 제외하면 이런 종류의 저주 마법은 꽤 많이 사용되었을 정도로, 확실하게 사람을 속일 수 있었다.

'역시 저주 마법인 걸까?'

물론 공간 확장 마법이라든지, 상위의 일루전 마법 등일 가능성도 배제할 수 없었다.

하지만 애당초 마나의 흔적이 느껴지지 않는 이상, 은밀하게 침투하는 특징만큼이나 마나의 흔적이 남지 않는 저주 마법밖엔 떠오르는 게 없었다.

그때였다.

끼야아아아악!

"비명?!"

찢어지는 듯한 비명소리는 분명 여성의 것이었다.

그리고 어디선가 많이 들어본 목소리였다.

'누구지? 꽤나 익숙한 목소리였는데…….'

하지만 그런 걸 생각하기에 비명에 담긴 다급함은 생각할 겨를을 주지 않았다.

"헤이스트!"

얼마간 이 주변을 돌아다니면서 아무도 보는 이가 없음을 확인한 현우는, 거침없이 자신에게 보조마법을 걸었다.

그러나.

"어?"

'마나가 느껴지지 않아?'

헤이스트를 발동하기 위해 마나 지배력을 일으켰던 현우는 대기 중에 마나가 전혀 느껴지지 않는다는 것을 깨달았다.

그리고 지금껏 마나를 느끼지 못하고 있었음을 깨

달았다.

"이게 무슨!"

너무도 황당한 사태에 달려가던 발걸음이 멈췄다.

그 순간, 현우의 눈앞으로 지금껏 보이지 않던 벽이 다가와있었다.

"젠장, 일단 저기까지 가보자."

벽의 오른편으론 다시 통로가 있었고, 만약 현우의 기억이 맞다면 저 통로를 조금 지나 응접실로 내려가는 커다란 계단이 있을 터였다.

그곳에 간다면 누군가 있을 터였다.

그곳에만 도달한다면 무언가가 있을 터였다.

현우는 달렸고, 벽은 급속도로 가까워졌다.

마침내 현우는 벽에 도달했고 바로 오른쪽 통로를 향해 고개를 돌렸다.

그때.

현우 눈앞에 나타난 새카만 두 개의 눈동자가 현우를 마주 봤다.

"끼야아아아아아아악!"

소름 끼치는 비명소리가 현우의 귓전을 강타했고, 현우의 몸은 그 자리에 털썩 주저 앉아버렸다.

"이… 이게 대체!"

기다렸던 것일까? 현우가 모퉁이를 돌기 위해 몸을 튼 그곳엔 커다란 마름모꼴의 짙은 녹색 빛 크리스털이 우뚝 서있었다.

그 속에는… 새하얀 얼굴에 새까만 두 개의 눈으로 현우를 내려다보는… 깡마른 남자가 있었다.

비명소리는… 그 안에서 울려 퍼지고 있었다.

입을 크게 벌리고 끝없이 소름끼치는 비명소리를 내는 그의 모습은 기괴하고 공포스러운 겉모습과 달리 처량한 모습이었다.

흰자위가 없는 두 눈에선 끝없이 눈물이 흐르고 있었고, 그걸 보는 현우는 저도 모르게 같이 눈물을 흘리고 있었다.

"어, 어어?"

자신의 얼굴에 눈물이 흐른다는 걸 깨달은 현우는 몇 번이고 손을 들어 눈물을 훔쳐냈지만, 마치 수도꼭지가 열린 것처럼 눈물은 끝도 없이 흘러내렸다.

현우는 이 눈물이 눈앞에 크리스털 속 남자와 관련 있음을 직감하고 흐릿한 시야로 크리스털을 관찰했다.

'깨져있어?'

어째서일까, 조금 떨어져서 봤을 땐 견고하기 짝이 없는 완전무결한 크리스털에는 어디서부터 시작되었는지 모를 실금이 잔뜩 가있었다.

그건 마치 이미 깨졌던 것들을 도로 붙여 놓은 것과도 같았고 혹은 깨지기 직전의 모습같이도 보였다.

'이 크리스털⋯⋯.'

스윽-.

현우가 그 기묘한 크리스털에 저도 모르게 손을 뻗기 시작했다.

그 순간.

덥석!

"헉!"

어디선가 나타난 손이 현우의 손목을 붙잡았다.

하지만 현우를 놀라게 한 것은 현우의 손목을 붙잡은 손이 아니었다.

현우의 손이 닿기 직전, 비명을 내지르는 것을 멈추고 현우의 손이 크리스털에 닿으려는 것을 지켜보며 그로테스크한 미소를 짓는 크리스털 속의 남자였다.

이 크리스털이 무엇이든, 그 안의 남자가 누구이든 간에 현우는 방금 자신이 위기를 한차례 벗어났음을 깨달았다.

현우는 자신의 손목을 잡은 손의 주인을 찾아, 손이 튀어나온 어둠 속을 눈물 젖은 시야로 헤쳤다.

어둠 속에서 얼핏, 낡은 로브의 끝자락이 보일 무렵이었다.

"안 돼!"

딱!

어둠으로부터 쏘아져 나온 한마디 말과 정체불명의 막대기가 현우의 정수리를 때렸다.

벌떡!

현우는 자신의 머리에 들이닥치는 날카로운 통증을 느끼며 침대에서 벌떡, 몸을 일으켰다.

"대체… 무슨 일이 일어났던 거지?"

조금 전 깨어났을 때처럼 온몸이 땀으로 푹 절어있었다.

세상은 여전히 어두컴컴했지만, 달라진 점이 있다면 바깥에서 인기척이 들린다는 점이었다.

풀썩.

일어났던 침대에 다시 몸을 누인 현우는 눈꼽 낀 눈을 끔뻑이며 중얼거렸다.

"꿈… 또 꿈이었는가?"

꿈속의 꿈.

그것이 의미하는 것은 대체 무엇이었다는 말인가.

자신이 보았던 그 크리스털…. 기괴하기 짝이 없었지만… 어쩐지 익숙하게 느껴졌다.

그 안에 있던 새카만 눈동자의 남자… 역시 무섭기 짝이 없는 몰골이었지만… 그마저도 익숙하게만 느껴졌다.

그리고 자신을 꿈에서 깨워준 주인공의 목소리는…….

"어?"

분명 굉장히 익숙한 목소리였음에도 도저히 누구인지 가늠할 수가 없었다.

남자인지 여자인지, 젊은이인지, 노인인지.

분명 너무도 귀에 익어 이대로 간다면 떠올리기도 힘들 만큼 자연스럽게 들리는 목소리였지만… 어째선지 현우는 이 목소리의 나이대는커녕, 성별조차 가

늘이 되질 않았다.

'내가… 잠이 덜 깬 건가?'

목소리의 성별조차 구별할 수 없다니. 잠이 덜 깼다는 것 외에는 설명이 불가능한 일이었다.

'또 갈증이 나는군.'

현우는 꿈속에서 느꼈던 갈증이 꿈에서 깬 지금도 이어지는 것을 느끼며 방을 나서고자 문고리를 잡았다.

하지만 곧장 문을 열지는 않았다.

우우웅—.

"되는군."

비록 꿈속이었다곤 하나 한차례 험한 꼴을 당한 탓인지 현우는 문을 열기 전 조심스럽게 마나 지배력을 끌어올려 보았다.

그러곤 마나가 정상적으로 움직임을 느끼며 기분 좋게 문을 열었다.

그리고 동시에 얼굴을 굳혔다.

'피 냄새!'

이전 세상에서 마법을 배우고 처음 세상에 나가고부터 수십 년간을 지겹도록 맡았던 냄새였다.

수백 년의 평안한 생활 속에서 다 잊었다고 생각했음에도 코끝에 스치는 향이 피냄새라는 것을 단박에 알 수 있었다.

'냄새가 아직 선명한 것을 보아하니… 피를 흘린 지 얼마 안 됐군.'

이만한 저택에서 누군가가 피를 흘리고 있는 상황이 과연 몇 가지나 될 것인가?

현우는 누군가 요리를 하다 손을 베였다든지 하는 가정은 전부 배제했다.

그런 하찮은 가능성을 논하기엔 지금 맡은 피 냄새는 너무나 짙었다.

살금살금-.

꿈속과 달리 형광등으로 환하게 밝혀둔 복도를 걸어가는 현우의 발걸음이 조심스러워졌다.

그리고 마찬가지로 꿈속에서 봤던 오른쪽 방향으로 이어지는 통로에 도착했을 무렵 현우는 한번 심호흡을 했다.

혹여나 꿈에서 본 그 크리스털이 여기에도 있지 않을까 하는 마음에서였다.

고개를 슬쩍 들이밀어 크리스털 같은 게 없음을 확

인한 현우의 몸이 순식간에 계단이 위치한 곳에 다다랐다.

그리고 계단 위에선 현우는… 상상도 하지 못한 모습을 볼 수 있었다.

"으으… 으으으윽……."

"거 조용히 좀 하쇼. 진짜 찍소리도 못하게 죽여버리기 전에."

저택의 고용인의 몸을 지그시 밟고 선 복면인은 손에 총을 쥐고 있었다.

뿐만 아니라 로비에 돌아다니는 모든 복면인들이 다들 한 자루씩 총을 쥐고 있었다.

'아직 죽은 사람은 없는 것 같지만…….'

한쪽 구석에 시체처럼 쌓아놓은 몇 명은 총에 맞은 듯, 지금 이순간도 피를 철철 흘리는 중이었다.

'이게 대체 무슨 일이지? 대한민국에서 재벌의 집에 무장 강도가 들다니?'

한국의 경찰 치안력은 세계에서 서열을 매기자면 꽤 높은 수준이었다.

물론 총기가 비합법인 데다 국토가 작기에 가능한 수준이긴 했지만, 이를 감안하더라도 상당히 높은 수준이라고 할 수 있었다.

즉, 한국에 사는 사람들에게 있어서 총을 든 무장 강도의 재벌집 테러 같은 건 영화나 게임, 간혹 해외 토픽을 통해서 보게 되는 먼 세상의 이야기였다.

그런데 지금, 그런 대한민국에서 버젓이 총기 무장 강도 사건이 벌어지는 중이었으니 현우로선 당혹스럽지 않을 수 없었다.

'숫자가 꽤 많은데…….'

현우가 맘만 먹으면 이만한 인원쯤은 역시 문제가 되지 않겠지만, 문제는 그런 게 아니었다.

'보는 눈이 너무 많아!'

저번의 일이야 어떻게든 무마했다고 할 수 있었다.

하지만 이만한 사람들을 구하기 위해 달려든다면 현우로서도 마법을 감출 자신은 없었다.

물론 이곳의 고용인들 정도야 고용주를 잘 설득해서 함구시킬 수도 있겠지만… 저기 있는 복면인들은 그게 불가능했다.

만약 저들이 현우에 대한 증언을 못하게 막고 싶다면 현우는 저들 모두를 죽여야 할 터였다.

'……어떡하지?'

현우가 그렇게 고심에 차있을 때, 현우의 귀를 번쩍 뜨이게 하는 정보가 그들 입에서 튀어나왔다.

"근데 대장. 저희 엘프 하나 잡겠다고 너무 많이 온 거 아닙니까?"

"야, 어리긴 해도 명색이 엘프야. 너무 만만하게 보진 마라. 그리고 내가 애들 많이 데려온 건 여기 저택에 워낙 사람이 많아서야. 엘프 하나야 별문제 아니지만, 이 많은 인간들을 단숨에 다 잡아다 모으려면 머리수 많은 게 짱이지."

'이 자식들 아나피를 노리고 온 건가?'

교류 엘프인 아나피의 공식 스케줄은 대부분 공개되어 퍼져있었지만, 오늘 이곳에 오는 것은 장담컨대 비공개 스케줄임에 틀림없었다.

교류 엘프인 그녀가 이런 재벌가의 저녁에 초대 받아 간다는 것은 비뚤게 보기 좋아하는 사람들에겐 좋은 가십거리가 될 수 있는 일이었다,

때문에 교류 엘프 활동을 하는 수십 년간 완전무결한 청렴과 평화의 상징이 되어야 하는 그녀에겐 이런 곳에 출입하는 게 눈치 보이는 일일 수밖에 없었다.

'그런 비공식 스케줄을 꿰뚫고 찾아왔다고? 이중

에 누군가 한 명은 정보를 흘렸단 얘기가 되겠군.'

현우는 오늘 이곳에 아나피가 초대 받았음을 아는 이들 중 배신자가 있음을 직감했다.

하지만 그 배신자가 누군지 찾는 것은 지금으로선 불가능한 일인 데다 상황이 급박하게 흘러가기 시작했다.

"야, 여기 이 아가씨한테 누가 총 쐈나?"

그것은 현우가 서있는 계단 바로 아래에서 들려온 소리였다.

"아, 접니다!"

"야, 이 아가씨가 얼마나 중요한 인질인데 여따 대고 총을 쏘고 그러냐, 너는?"

"에이, 그래도 아직 안 죽었잖습니까?"

"야 인마, 그러다 죽으면 어쩌려고."

인질 중 누군가 하나가 총에 맞은 상태라는 소식은 현우로선 좋은 소식이 아니었다.

최소한 현우의 눈이 닿지 않는 곳에 보이지 않는 부상자가 더 있다는 의미였으니 말이다.

"그래도 꼴에 재벌집 아가씨라고 총알을 세 발이나 버티더라구요."

"워? 총알을 버려? 날아오는 걸 피하기라도 하디?"

"아뇨, 아마 아티팩트 같은데, 갑자기 실드가 나타나서 3발을 막더라구요. 그게 신기해서 계속 쏘다 보니 2발이나 맞춰버리긴 했지만……."

빠직-.

아래층에서 들려오는 소리에 귀를 기울이던 현우의 뇌리 깊은 곳에서 무언가 끊어지는 소리가 들렸다.

고오오오오-.

현우의 두 눈이 밝은 녹색으로 물들어 가기 시작했고, 드러난 피부는 달빛을 머금은 듯 은은한 은빛을 발하기 시작했다.

파라락-.

극한까지 전개된 마나 지배력에, 현우를 중심으로 오밀조밀하게 모이기 시작한 마나는 현우를 태풍의 눈으로 둔 소용돌이를 만들어가기 시작했다.

빠직 빠지직!

"응? 야 위에서 뭔 소리 안 나냐?"

"지직거리는 게… 쥐려나?"

"이렇게 좋은 집에도 쥐가 살아?"

"에이, 사람 사는 곳이니 쥐가 사는……."

콰과광!

퍼걱!

위에서 들려온 정체불명의 소리에 시답잖은 농담을 하고 있던 복면인은, 갑자기 무너져 내린 계단과 그곳에서 튀어나온 청록의 번개를 피하지 못했다.

"뭐, 뭐야!"

"야! 거기 뭐야!"

"여기 계단이 무너졌어! 한 놈이 깔렸다!"

계단이 무너지며 사라진 동료 한 명 때문에 주변의 복면인들이 소란스러운 그때였다.

방금 청록빛의 섬광과 함께 동료의 머리가 증발하듯 사라지는 것을 눈앞에서 지켜본 또 다른 복면인은, 조금 전까지 자신과 떠들던 동료가 머리도 없이 앞으로 고꾸라지는 모습을 보며 말을 잃었다.

그리고… 계단이 무너져 내리며 쏟아진 흙먼지 속에서 조금 전 그들이 장난감처럼 부르던 아가씨의 모습을 확인한 남자도 말이 줄었다.

아니, 본래 하고 싶고, 묻고 싶은 말이 많았는데

오직 하나밖에 남지 않았다는 게 정확했다.

선명한 청록색 번개가 꿈틀거리는 현우의 손가락이 살아남은 복면인의 머리 방향을 향했다.

——!

처척!

이상함을 느낀 복면인이 손에 쥔 권총으로 재빨리 현우를 겨냥했지만.

퍼-걱!

이 세상 어떤 총알도 빛의 속도보다 빠르진 못했다.

그 무렵 옅어진 먼지 구름 사이로 현우의 모습이 천천히 드러나기 시작했고, 이런 현우의 모습을 발견한 복면인들이 각자 총구를 겨누며 외쳤다.

"너 뭐야! 몸 돌려!"

"이 새끼야 이쪽 봐! 너 거기 있던 두 놈 어쨌어!"

"……."

현우는 그런 그들의 말에 대꾸하지 않았다, 그들에게 현우가 해줄 말은 정해져 있었으니까.

하지만 그들이 돌아서길 원하던 바람은 들어주었다.

현우도 서보람의 다리에 총알 자국 두 개를 만들어 놓은 녀석들의 동료가 어떤 놈들인지 확인하고 싶었으니까.

서서히 걷혀가는 먼지 구름 속에서, 현우는 귀화가 일렁이는 두 눈으로 눈앞에 복면인들을 응시했다.

그 귀화로부터 불안감을 느낀 것일까?

그들의 대장이라 불린 자가 복면인들에게 발포 명령을 내렸다.

"쏴라!"

"쏴!"

탕! 탕탕탕!

팅! 티티팅!

현우의 주변으로 총알이 빗발치듯 날아들었지만 현우는 눈 하나 꿈쩍하지 않았다.

오히려 총알이 퍼붓는 중앙으로 성큼성큼 걸어 들어갔다.

주춤-.

마침내 현우의 기세에 말린 복면인 하나가 뒷걸음 칠 무렵.

"오늘 너희 중 그 누구도 살아서 돌아가지 못할 것

이다."

   청록색 번개를 손에 쥔 현우의 신형이 복면인들을
향해 쇄도했다.

〈『언령의 주인』 4권에서 계속〉

언령의
주인

1판 1쇄 찍음 2015년 7월 30일
1판 1쇄 펴냄 2015년 8월 05일

지은이 | 진 솔
펴낸이 | 정 필
펴낸곳 | 도서출판 **뿔미디어**

편집장 | 이재권
기획 · 편집 | 안리라

출판등록 | 2002년 9월 11일 (제081-1-132호)
주소 | 경기도 부천시 원미구 소향로 17번길(두성프라자) 303호 (우)420-864
전화 | 032)651-6513 / 팩스 032)651-6094
E-mail | bbulmedia@hanmail.net
홈페이지 | http://bbulmedia.com

값 8,000원

ISBN 979-11-315-6670-1 04810
ISBN 979-11-315-6523-0 04810 (세트)

http://www.bbulmedia.com